愛は金なり

CROSS NOVELS

井上ハルヲ
NOVEL:Haruo Inoue

小山田あみ
ILLUST:Ami Oyamada

CROSS NOVELS

CONTENTS

CROSS NOVELS

CONTENTS

愛は金なり

CROSS NOVELS

1

夕刻。日もそろそろ暮れ始め、麻布十番《あざぶじゅうばん》は少しずつ人が多くなってきていた。これから飲みにでかけるのだろう、仕事を終えた会社員や若者たちが目的の店に向かって足を急がせている。

歩道に溢《あふ》れるそれらを避けつつ、麻布十番大通《おおどお》りから暗闇坂《くらやみざか》方面に折れた桜井湊《さくらいみなと》は、坂の途中にある古いビルの前で立ち止まった。

茶色い外観をした大使館のやや手前、暗闇坂にさしかかったところにある三階建てのそのビルは、そこだけがあたりの開発から取り残されたかのようにうらぶれている。築年数はおそらく三十年前後。元は白かっただろう外壁も、年月を経たせいで何とも言えず薄汚れており、一階の画廊はシャッターが下りたままで全く人気《ひとけ》がない。二階三階に至っては、汚れたガラス窓にテナント募集中と書かれた紙が張られているが、その張り紙すらも色あせていた。

場所的には麻布十番大通りからほんの数メートル入っただけで、店舗としての立地が悪いわけではない。にもかかわらずテナントが空きだらけなのは、このビル自体から滲《にじ》み出ている何とも言いがたい辛気くささが敬遠されているからだろう。

「いつ見ても貧乏くさいビルだよな」

ビルを上から下までねめつけた湊は、うんと伸びをして肩に引っかけたデイパックを抱え直した。モッズコートのポケットに手を突っ込み、ふっと息を吐き出す。

「さてと。今日も仕事に励みますか」

誰に言うともなくそう呟いた湊は、ビルの入り口近くにある薄暗い階段を地下に向かって下りていった。

出入り口に近いせいか、ほぼ吹きさらし状態の階段はタイルがあちこち欠け、手すりも塗装が剝《は》げて錆《さ》びが浮いている。まるで廃墟《はいきょ》への入り口へようこそと言わんばかりの階段を数段下りたところに、階段と同じくかなり年季の入ったスチール製のドアがあった。

ドアの横の壁には十センチ四方のプレートが嵌め込まれており、そこに黒い文字で『BAR《バー》 BLACKWALL《ブラックウォール》』と書かれている。そのプレートがなければ、ここがバーだと誰も気づかないだろう。いや、プレートがあってさえこの店が実際に営業しているのかどうか判別するのは難しい。薄暗い地下にある傷だらけのドアは、一見すると空きテナントどころかただの倉庫の出入り口だ。壁にプレートを照らすライトが取り付けられているものの、そのライトが開店時刻にまともに灯されているのを十日に一度やってくる湊でさえ見たことがなかった。

「ったく……商売する気あんのかな」

舌打ちをして肩をすくめた湊は、ドアの取っ手を勢いよく引いた。

薄暗い店内は、ビルの造りと同様に奥に向かって細長い。広さにして十五坪少々。バー『BLACKWALL』はカウンター八席とソファ席がひとつのこぢんまりとした店だ。

店名の通り煉瓦《れんが》風の壁は真っ黒で、カウンターやさりげなく置かれた家具、酒の棚などは全て英国調に統一されている。椅子には深い緑色の革が張られており、全体的にビクトリアンパブとアイリッシュパブを足して二で割ったような雰囲気だ。中に入ればけっこう洒落《しやれ》た造りの店なのだが、いかんせん、入り口のあのやる気のなさが、この店から客の足を遠のかせていた。

「あのさ、もう営業時間なんじゃないの？　表のライト、点いてないんだけど」

カウンターに向かって声をかけてみたものの、返事はおろか人影すらない。ずらりと並んだボトルを一瞥《いちべつ》した湊は、そのまま奥の壁際にあるソファ席に目を向けた。

「やっぱり寝てるし」

ため息交じりにぼやき、そちらに足を向ける。壁に沿って置かれたソファの前に立った湊は、そこに寝転がっている男をうんざりした面持ちで見下ろした。

視線の先にいたのは、ゴシップ系の週刊誌を顔の上に乗せた大柄な男だった。ソファの片方の肘《ひじ》掛けに足を乗せ、もう片方を枕にして眠りこけている。

一見すると年齢は三十代後半か四十くらいといったところだろうか。年齢の割に腹も出ておらず、シャツを着ていてもわかるほど胸の筋肉が大きく盛り上がっている。袖をまくった黒っぽいシャツから見える前腕は、まるで太い縄を編んだように筋肉がうねっていた。

ぞくりとするくらい雄《おす》の艶のある男――。

そう思った瞬間に体の芯がじわりと疼《うず》き、湊は慌《あわ》てて男から目を逸《そ》らした。自分がゲイなのは自覚しているし、男には自分にない『雄』の魅力がある。だが、今ここでこの男に欲情するのは間違っている気がした。

「ないない。気のせい気のせい」

自分にそう言い聞かせ、もう一度男に目を向ける。

男の素性については、免許証に書かれてあった通り一遍以外のことはよくわからなかった。名前や住所以外で湊が知っている男の個人的な情報は、三年前までこのバーのバーテンダーだった真壁駿一《まかべしゅんいち》の友人だということだけだ。

とはいえ、見るからに堅気《かたぎ》ではない厳《いか》つい風貌《ふうぼう》や大きな体軀《たいく》は、男がただのバーテンダーなどではないことを強く物語っている。

「チンピラくずれか、それともマル暴あがりの元警官か――」

そう呟《つぶや》いた湊は、男の顔に乗っている雑誌の表紙にちらりと目を向けた。

芸能界のゴシップや、風俗情報などの煽《あお》り文句が踊る表紙の中で、きわどい水着を着た若い女が胸を寄せて笑顔を見せている。その媚《こ》びたような笑みに何とも言いがたい不快感を覚え、そこから目を逸らした。

この不快感は、決して媚びた笑みを浮かべる女に対してではなかった。どちらかというと、その女に欲情する男に対するものだ。

強い雄に性的な対象として見られる不快感と恐怖感。たかが雑誌の表紙だというのに、それらを感じずにはいられない。

「いつまで寝てる気だよ」

思わずとげとげしい口調でそう言った湊は、男が寝ているソファを足で軽く突っついた。

「いいかげん起きなよ」

再度男に向かって声をかけてみたものの返事はない。完全に熟睡しているのか、男は湊が真横に立っても全く起きる気配がなかった。

「あっそ。起きる気はないわけだ」

規則正しく上下する胸元に視線を落とし、コートのポケットから手を出す。おもむろに足を上げた湊は、そのまま男の頭側にあるソファの肘掛けを力任せに蹴飛ばした。

「うおっ！」

いきなり頭に伝わった振動に驚いた男が、声を上げて跳ね起きる。だが微妙なバランスでソファに大きな体を横たえていたのが悪かったのだろう。起き上がった拍子に、男は派手な音を立てて床に転がり落ちた。

「いってぇな、畜生《ちくしょう》……」

床に転がった男が唸《うな》り声を上げて体を起こす。ソファに手をつきながら立ち上がった男は、自分の頭に衝撃を喰らわせた相手を射殺《いころ》さんばかりの目で睨《にら》み上げた。

「この野郎、何しやがる――って、あぁ？」

鼻に皺《しわ》を寄せて凄《すご》んだ男だったが、視線の先にある湊の冷ややかな目を見た瞬間、慌てたように口を噤《つぐ》んだ。

「な……何だ、湊かよ」

「何だじゃないっつーの。黒田《くろだ》さん、今何時だと思ってんの？」

言われて男が——黒田一貴《かずき》が腕時計に目を向ける。

「何時って、おまえ、まだ七時じゃねぇか。脅《おど》かすなよ」

「『まだ』じゃなくて『もう』七時。店、開ける時間だろ」

「あー、大丈夫、大丈夫。うちの店にこんなに早くから来る客なんかいねぇから」

黒田の言い草に思わず舌打ちをした。店が閑古鳥《かんこどり》状態のいったい何が大丈夫だというのだ。

「黒田さん、あのさ——」

「うるせぇなぁ……昨日の晩飲み過ぎて眠いんだよ、俺は。話なら後にしてくれ」

湊の言葉を遮るようにそう言った黒田は、再びソファに寝転がった。わかったら帰れとばかりに、肘掛けを枕にして湊に背を向ける。

またもや寝息を立て始めた黒田をげんなりと見下ろし、湊は肩をすくめた。

「へえ。そういうつもりなんだ」

ぽつりと呟き、意味深な笑みを浮かべる。ふっと息を吐いた直後、湊は遠慮の欠片《かけら》もなくソファの肘掛けを蹴りつけた。ついでにソファの前に置かれたローテーブルも蹴り飛ばす。

「うおあっ！」

頭への衝撃に加え、蹴られて飛んできたテーブルが腰を直撃し、黒田が再び声を上げながら跳ね起きた。

「湊っ！　おまえなっ、いいかげんにしねぇと――」

「いいかげんにしないと、何？」

黒田の恫喝《どうかつ》をものともせず腰をかがめた湊は、まさに『天使のような』と比喩《ひゆ》できそうな笑みを浮かべた。

顔を見たことは一度もないが、母が言うには父親はヨーロッパ系の外国人なのだそうだ。船乗りらしく、日本に入港した際に母と知り合い自分が授かった――といえば聞こえはいいが、何のことはない、一夜の遊びでできてしまった子どもの成れの果てだ。

とはいえ、その外国人の父の血のおかげで容姿にだけは恵まれたから、別に国に帰ってしまった父に文句もない。身長は日本人男性の平均をはるかに超えているし、少し中性的な雰囲気も、色素が薄い肌の色も髪の色も不満に思ったことは一度もない。黙っていれば憂《うれ》いを帯びていると言われ、笑えば天使のようだと言われ、二十五を超えた今でも食うに困ることもなければセックスの相手に不自由したこともなかった。

笑顔を見せて誘えば、女はもちろん、たとえ同性愛者でなくとも半分以上の男が引っかかる。けれど、黒田だけは違った。どれだけ甘い言葉で誘惑しようとも、誘いに乗ってくることはない。

今もそうだ。笑みを向けたとたんに、顔を引き攣らせてじりじりと後ずさりを始めている。

「どうして逃げんの？」

「どうしてって……おまえのその目が怖いからに決まってんだろうが」

「ふぅん。黒田さん、オレが怖いんだ？」

「だから、そういう笑い方すんなっつってんだろうが……」

「へえ。そういう笑い方ってどういう笑い方？」

言うと同時に、湊は黒田のシャツの襟《えり》を力いっぱい掴《つか》み上げた。

「み……湊っ！」

「次は肘掛けじゃなくて本気で頭を蹴るよ」

唇《くちびる》に笑みを浮かべ、黒田をソファの背もたれに押さえ付ける。上半身を乗り上げるようにして胸倉を掴み上げた湊は、笑顔のまま黒田の耳に向かって囁《ささや》いた。

「黒田さんさぁ、今日は何の日か覚えてる？　もしかして忘れちゃったとか？」

「な……何の日かって……何の日だよっ？」

本気で覚えていないのか、それともとぼけているのか、黒田が眉根《まゆね》を寄せてじたばたともがく。そんな黒田を見据えていた湊は、襟を掴んだ手に力を込めると勢いのまま喉元《のどもと》をぐっと締め上げた。

「へぇ。忘れちゃったんだ？」

「ちょ……湊っ！　苦しいっ！　苦しいって！」

「じゃあさ、頭蹴っ飛ばして思い出させてあげようか？　衝撃を与えたら思い出すかもしれないし」

「おまえに本気で蹴られたら頭がかち割れるだろうがっ」

「いっそかち割って脳みそ掻き混ぜてみる？　その方がすっきりするかもしれないよ？」

「おまえな、きれいな顔して怖いこと言ってんじゃねぇぞっ」

声をうわずらせる黒田の喉を締め上げつつ、湊は笑みをより深くする。

「二百二十万」

「ああ？」

「黒田さんに貸した二百万と利息の二十万。合わせて二百二十万。今日が返済日なんだけど」

「あ……」

言われてようやく気づいたのか、黒田がばつが悪そうに目を泳がせた。

「いくら忘れっぽい黒田さんでもオレの仕事が何だったかくらい覚えてるよね？」

「『ポートファイナンス』の社長……だろ」

「うん。金貸しのオレが集金以外で黒田さんに何の用があると思う？」

「あー、えっと……その……」

「何？　返せないわけ？」

「いや、返せないわけじゃないんだけどな……その何だ……」

「返せないならジャンプでもいいけど？」

言われて黒田がまた目を泳がせた。元金はそのままで利息分の二十万だけ払えという提案に、困ったように頭を掻く。

「いや……それもだな……今日は手元が不如意《ふにょい》というか……その……」

「へえ。利息も払えない、と。じゃあ利息の二十万、追加融資しようか？　元金二百万と追加分が二十万、合わせて二百二十万の貸しだね。二百二十万の一割だから十日後に二百四十二万の返済ってことになるけど？」

「ちょ……待てよ、おまえ。二百四十二万って、マジかよ。ぼったくりもいいとこだろ……」

げんなりした面持ちで言った黒田のシャツから手を離し、湊はカウンターの椅子に腰を下ろした。コートのポケットに手を突っ込み、ソファに座っている黒田を見下ろす。

「文句があるなら普通に銀行から金借りれば？」

「銀行が貸してくれるくらいなら最初から闇金に手ぇ出したりしねぇよ」

湊をちらりと見やった黒田が、ため息をつきながらシャツの胸ポケットから煙草《タバコ》を取り出した。何の装飾もないくすんだ銀色のオイルライターで煙草に火を点け、天井に向かってぷかりと煙を吐き出す。

「あのな、湊。今日二十万を持っていかれたら俺は飢え死にするしかねぇんだけどな」

「でかい図体してんだから一週間くらい食べなくても死なないよ」

「無茶言うなよ。でかい図体だから人一倍食うんだよ、俺は」

不満いっぱいの顔でそう言って黒田が口を尖《とが》らせる。その様子を見下ろしていた湊は、ふと何かを思い出したように唇の端を上げた。ところが、湊の笑みを見た黒田の顔が、まるで苦虫《にがむし》でも噛《か》み潰してしまったかのように歪む。

「だから、そういう嫌な笑い方するなって言ってるだろうが……」

無関係の人間が見れば天使の微笑《ほほえ》みなのだが、いかんせん、黒田にとっては悪魔の笑みでしかないのだろう。警戒の目を向けた黒田に、湊はくっと喉を鳴らして笑った。

「そんなに怯《おび》えなくてもいいじゃん」

「おまえがそういう目で笑うとろくなことねぇんだよ」

「人聞き悪いこと言うなぁ。ていうか、金返せないなら素直にオレに買われりゃいいのに」

言ったとたん、黒田が顔を引き攣らせてじりっと後ずさりをした。

「前から言ってるでしょ。オレが一時間二万で黒田さんを買ってあげるって。十時間オレとセックスするだけでいいんだから楽だと思うんだけどな」

「馬鹿野郎。十時間もおまえの相手なんて冗談じゃねぇぞ」

「なーんだ、残念。足腰立たなくなるまで気持ちいいことしてあげるのに。ま、そっちじゃなくて他にいい話があるんだけどね」

「いい話？」

鸚鵡返《おうむがえ》しに尋ねた黒田に、笑みを浮かべたままこくっと頷《うなず》く。

「利息分が払えないなら体で返してくれてもいいよって話なんだけど」

「何だ、結局そっちじゃねぇか」

「オレと寝るってやつじゃないよ」

「だったら何だ。マグロ漁船にでも乗れってか」

皮肉交じりに言った黒田に、湊は肩をすくめて首を横に振った。

「まさか。マグロ漁船なんて古いよ、黒田さん」

「じゃあ山奥のタコ部屋か？」

「それも古い」と間髪を容れずに言った湊は、先ほどと同じにんまりとした笑みを浮かべた。

「黒田さんさぁ、ビデオに出ない？」

「ビデオ？　Ｖシネか何かか？」

言われて「なるほど」と手を打った。確かに黒田ならＶシネマのヤクザものに出演していても全く違和感はないだろう。いや、むしろ似合いすぎるくらい似合っている。

「それもいいけど、今回はそっちじゃないんだ」

「じゃあ何だ？」

「オレの知り合いがゲイビを撮るんだけど、それに出てくれるんだったら今回の利息分の二十万はチャラにするよ」

「はあ？　ゲイビだぁ？」

素《す》っ頓狂《とんきょう》な声を上げた黒田に向かって、湊はにっこり笑って頷いた。

「そ。調教系のＳＭなんだけど、アナルフィストとか尿道拡張とかやるみたいでさ。ハードすぎて責められる側の男優がなかなか見つからないんだって。尿道に溶けた蝋《ろう》流したりとか、尻の孔《あな》に電マとか手とか突っ込まれたりでちょっと痛いかもしれないけど、黒田さんならいい体してるし、そっち系にもけっこう受けると思うんだよね」

「ちょ……おまえ……フィストに尿道に蝋って……」

思わず股間《こかん》を押さえた黒田に目を向けた湊は、椅子から勢いよく立ち上がった。そのままソファの前にしゃがみ込み、笑顔のまま黒田を上目遣いに見上げる。

「心配しなくても大丈夫だって。ちゃんと顔にモザイクかけるよう言っといてあげるから」

そう言った湊に、黒田が心配はそこかと言わんばかりにため息をついた。

「……それマジで言ってんのか？」

「マジに決まってるじゃん。だってお金、返せないんでしょ。だったら体で稼ぎなよ」

「おまえな……きれいな顔してしれっとすげぇこと言ってんじゃねぇぞ……」

全く折れる気のない湊に、黒田ががっくりと肩を落とす。

湊の実年齢は二十六歳なのだが、すらりとした体つきと、ぞくぞくするような妖しさを持つ美貌のせいで二十歳そこそこに見えなくもない。しかし、そんな外見とは裏腹に、金貸しとしての湊の取り立ては厳しいを通り越してかなりえぐいものだった。

笑いながら相手を恫喝し、金を返せない債務者は平気で風俗や劣悪な期間労働の斡旋《あっせん》業者に叩《たた》き売る。貸した金はきっちり回収、そのためには手段を選ばない。やっていることは海千山千の悪徳金貸しそのものだ。

「どうする黒田さん。尻の孔に手を突っ込まれるか――」

「ジャンプだ、ジャンプ！　ジャンプに決まってんだろ！」

湊が言い終わる前に叫んだ黒田は、カウンターに駆け寄ると引き出しから小さな手提《てさ》げ金庫を取り出した。鍵が壊れた金庫を開け、そこから無造作に放り込まれた紙幣を鷲摑《わしづか》みにする。中から一万円札だけを引き抜いた黒田は、それを湊に差し出した。

「ほら、二十万。持っていけよ、畜生！」

「何だ。あるなら最初から出せばいいのに」

「馬鹿野郎。そいつは俺の今月の生活費だっ！」

「生活費がどうこうって言うならまず煙草やめれば？　どうせ煙になって消えるだけなのに、一日に何箱吸ってんだよ。煙草なんてお金に火を点けて燃やしてるのと一緒だろ」

言いながら紙幣を受け取った湊は、一枚一枚丁寧に札の向きを整えた。紙幣の肖像画を全て同じ向きにし、それを十万円ずつのズクにして束ねる。そうしてデイパックの中から集金袋を引っ張り出した湊は、たった今受け取った金をその中に詰め込んだ。

「黒田さんさぁ、お金はもっと丁寧に扱わないとだめだよ。そうやってぐっちゃぐちゃにして入れてるとお金って逃げていくんだからね」

「俺から生活費まで毟《むし》り取ってるおまえに言われたくねぇよ」

「毟り取るって、人聞きが悪いなぁ。うちは通常トサンかトゴで貸してんだよ？　真壁さんの友達だって言うから黒田さんには破格のトイチで貸してやってるんじゃん」

トサンやトゴは、十日で三割、十日で五割という闇金業界での利息の隠語だ。どちらも言うまでもなく法定金利をぶっちぎりで破っている。むろん、十日で一割というトイチの金利も、年利にすれば単利で三百六十五パーセント、複利ならば三千百四十二パーセントというとんでもない暴利だ。

湊が経営するポートファイナンスの金利は複利で、つまるところ、トイチで百万円を借りて利息を払わずに三十日が過ぎると、元金と利息を合わせた借金は百三十三万円に膨《ふく》れ上がるという計算だ。これがトサン、トゴになるともう目も当てられない。

「おまえな、こういうあくどい商売やってるとそのうち後ろから刺されるぞ」

持っていたデイパックに集金袋を入れていると、カウンターにもたれた黒田が煙草の煙を吐きながらそう言った。

「いくらおまえんところのケツモチが室藤組《むろふじぐみ》だっつってても、四六時中おまえを護ってくれるわけじゃねぇだろう」

黒田が言った室藤組という名にふと手を止める。一瞬頭に浮かんだ顔に心の中で舌打ちをした。そんなことは黒田に言われなくてもわかっている。危険な目に遭ったのも一度や二度ではない。だが、辞めたくても辞められない事情があるのだ。

「オレの心配なんかしてないで黒田さんこそ真面目に店やりなよ」

「ああ？」

「オレ、真壁さんには恩があるからさ。この店、潰されたくないんだよ」

つっけんどんにそう言って立ち上がり、金が入ったデイパックを肩に担ぐ。まだ何か言いたげな黒田をちらりと見やった湊は、スチールのドアに手を伸ばした。

「十日後にまた来るよ。払えない時はフィストだから覚悟しといてね」

がっくりと肩を落とした黒田にふんと鼻を鳴らし、湊は薄暗い階段を足早に上っていった。

＊＊＊

黒田から利息分の二十万円を回収して『ＢＬＡＣＫＷＡＬＬ』を出た湊は、ゆっくりと暗闇坂を下っていった。

「ったく、何で真面目に店をやらないかなぁ」

うんざりした面持ちでそうぼやき、たった今下りてきた坂をちらりと振り返る。

まだ真壁が生きていた頃、あの店はそこそこ繁盛していた。ビル自体は古いが、中の洒落た造りと大通りから少し離れた隠れ家的な要素も加わり、若者はもちろん芸能人が時折姿を見せていたこともある。なのに今のあの惨状はいったい何だというのだろう。

「ほんと、だらしないっていうか、いいかげんっていうか――あ、両方か」

黒田という男を知れば知るほど気が萎《な》えてくる。体格もいいし、強面《こわもて》ではあるが見た目も悪くない。黒田目当てにやってくる客がいないわけでもなく、店を開けていればそこそこ儲けが出るはずなのだ。なのに、集金に行くたびに黒田は今は手持ちがないだの、明日まで待ってくれだのと泣き言を口にする。だからといって本当に金がなかったことなど一度もなく、一通りの文句は言うものの毎回きっちり利息の二十万円だけは返済するのだからわけがわからない。

あるなら最初から素直に出しておけと思わなくもないが、元金はそのままで十日に一度の利息をきちんと払う黒田は湊にとって上客――つまり、いいカモというやつだ。これで真面目に店を開けてくれれば言うことはない。

『ＢＬＡＣＫＷＡＬＬ』は、恋人だった真壁駿一が大切にしていた店だった。その店をできることなら以前のまま残しておきたい。そんな気持ちから、真壁の友人だという黒田に金を貸してまで店を任せようと思った。思ったのだけれど――。

湊が黒田と出会ったのは一年ほど前のことなのだが、正直なところ黒田の第一印象は最悪だったと言っても過言ではない。

一年前のその日、湊は二年ぶりに暗闇坂の『BLACKWALL』に向かっていた。

この店のオーナーであり湊の恋人でもあった真壁が、暴力団の抗争に巻き込まれて命を落とした。いったい誰に間違われたのか、店のすぐそばにある駐車場で十数発もの銃弾を浴びせられて殺されたのだ。

事件当日、遅くなるから先に寝ておけと言って部屋を出た真壁に、湊は背を向けたまま、「いってらっしゃい」と声をかけた。いつものように、朝になれば真壁は帰ってくると思っていた。店の後片付けをして部屋に戻り、ベッドで寝ている自分の隣にそっと入ってくる。そして、疲れたと言いながら寝ぼけ眼の自分を抱きしめ、強引にキスをして、それから――。

幸せな日常。真壁と共にある生活。そんな毎日がこれからもずっと続くのだと信じて疑わなかった。なのに真壁は帰ってこなかった。湊を残して突然逝ってしまったのだ。

真壁を奪われたあの日から、湊は一度も暗闇坂方面には足を向けていなかった。向けられなかったと言った方が正しいかもしれない。

行けば真壁の死に顔を思い出す。真壁の血で赤黒く染まったアスファルトを思い出す。それらを思い出せば思い出すほど、真壁を殺した者たちへの憎悪で心に巣くった闇が噴き出しそうになった。だからあえてそこを通るのを避けていたのだ。

だが、事件から二年が経ち、最近になってようやく自分の気持ちに整理がついた。その日は真壁の誕生日ということもあり、事件後、湊は初めて店があったビルにやってきたのだった。

バーテンダーだった真壁には花よりもきっと酒の方が似合う。だから、いつも真壁が好んで飲んでいたスコッチを買った。

真壁はテナント料を年単位で払っていたが、その契約もとっくに切れているだろう。もしかするともう別の店がテナントとして入っているかもしれない。だったらビルの路地でもいい、真壁に酒を手向《たむ》けて帰ろう。そんな湊の思いを見事にぶち壊してくれたのが、この黒田　貴だった。


「だからあと二日……いや、三日待ってくれって！　三日経ったら必ず――」

古いながらも取り壊されずにいたビルにほっと胸を撫で下ろし、ウイスキーのボトルを抱えて地下に向かう階段を下りようとした湊の耳に、男の声が聞こえてきた。

開けっぱなしのドアの向こうから聞こえる声に、思わずその場に立ち止まった。

まさかと思った。真壁は二年前に死んだ。暴力団の抗争に巻き込まれ、体に何発もの銃弾を撃ち込まれて命を落としたのだ。

白い棺に入った真壁の顔を最後まで見ていたのは自分だった。棺が斎場に運ばれ、炉に入る瞬間まで、いつもベッドで見ていた寝顔と全く変わらない顔を見続けた。

その真壁の声がドアの向こうから聞こえてくる。そんなはずはないと、湊は思わず店の中を覗《のぞ》き込んだ。

店は真壁がいた頃のままだった。深い緑色をした革張りの椅子に、木製のカウンター。英国調でまとめられた店内は、湊が知っているかつての『BLACKWALL』と何ひとつ変わっていない。けれど、そこにいたのは、やはり真壁ではなかった。

「あのねえ、黒田さん。あんた、そう言って何カ月家賃ため込んでると思う?」

聞き覚えのある声は、ビルの管理を請け負っている不動産会社の大野木《おおのぎ》のものだった。大野木は麻布周辺の店を仲介する不動産会社の社長で、『ポートファイナンス』が入っている東麻布のビルも大野木不動産の管理物件だ。

その大野木が、大きな体を丸めて頭を下げている男をうんざりした面持ちで見下ろしている。

「家賃の滞納ね、三カ月だよ、三カ月。来月払う、来月払うってね、もう三カ月なんだよ。ウチもボランティアで店貸してるわけじゃないからね」

「いや、もう、それはごもっともで……」

「家にはいない、電話しても出ない、挙げ句に店もまともに開けてないって、あんたね、ここ借りてる意味あんの?」

「だから、それは――」

「とにかく、今すぐ滞納している家賃を全額払わないと出て行ってもらうから」

「そんな――」

「大野木さん、何やってんの？」

男の言葉を遮るように大野木に声をかけ、湊は店に足を踏み入れた。いきなり会話に割り込んだ湊に、黒田と呼ばれた男が訝《いぶか》るような目を向けてくる。そして、その男を見た瞬間、湊は驚きのあまりぽかんと口を開けた。

似ていると思った。声だけではない。男が真壁に似ているのだ。この男の方が少しばかりがっしりしているが、顔の造りも背格好も真壁にとてもよく似ている。ただ、唯一違うところは男の目だった。

真壁にはなかった鋭い眼光。ぞくぞくするようなそれは、見ているだけで心の深い部分を鷲掴みにされたような錯覚に陥る。

けっこうイイ男じゃん――。

思わず心の中でそう呟いた湊は、男に笑みを向けた。

ところが、目を合わせたとたん、男の瞳に宿っていた光がきれいさっぱり消え失せた。わざと消したとしか思えないそれに訝りつつ、湊は改めて大野木に向き直った。

「さっきから騒いでるみたいだけど、何かあった？」

声をかけるなり、普通にしていても困ったような顔の大野木が眉をハの字にしてため息をついた。

「ああ、湊さん……」

「どうしたの？　何か困ったことでもあんの？　オレにできることがあるなら力になるけど」

「どうもこうもないですよ。もうね、困りまくってるんですよ——」

何とも言えぬ貧相な表情でため息をつく大野木は、渡りに船とばかりに湊に愚痴を零《こぼ》し始めた。

どうやら真壁の知り合いらしいこの男は黒田一貴といい、五カ月前からこの店を居抜きで借りていたようだ。ところが、店は再オープン以来閑古鳥の大合唱でろくに売り上げが上がらず、賃料を三カ月も滞納し続けているとのことだった。

「はあ？　三カ月？　三カ月も待ってんの？　大野木さん、意外に辛抱強いね」

自分だったら一カ月の滞納で追い出すと言い、湊は黒田に目を向けた。

濃いグレーのシャツに黒いズボン、眼光が鋭く厳つい風貌はどう見ても堅気には思えない。穏やかな雰囲気だった真壁とは対極にいるはずなのに、この男に真壁の面影を重ねてしまうのはどうしてなのだろうか。

黒田に被る真壁の影を追い払うように首を振り、湊は口を開いた。

「おじさんさぁ、大野木さんにいくら借金あんの？」

「誰がおじさんだ。俺はまだ三十八だ」

不満げに口を尖らせた黒田をまじまじと見やり、肩をすくめる。

二十五歳の湊から見れば三十八歳は充分おじさんの域だと思うのだが、どうやら本人は不満らしい。どうしておまえにそんなことを答えなければならないんだと言わんばかりに眉間《みけん》に皺を寄せた黒田に、湊はカードを一枚差し出した。

「オレ、こういう仕事してんだけど――」

カードを渋々受け取った黒田だったが、そこに書かれている文字を見たとたん、先ほど以上に胡散《うさん》臭げな眼差しを向けてきた。

「『即日融資　保証人不要　お電話一本で五十万円まで』――って、おまえ、闇金か？」

「貸金業って言ってくれるかな。困ってんなら金、貸すよ？」

新しいカモゲット――。

心の中でそうほくそ笑み、黒田に笑顔を向ける。

「ええと、黒田さん――だっけ？　あのさ、この店、潰さないでやる気ある？」

「ああ？」

質問すると黒田が怪訝《けげん》そうに眉根を寄せた。

「ちゃんと店を開けて、商売する気があるかって聞いてんの」

「一応そのつもりだ」

「だったらさ、店は夜の七時に開けるって約束できる？」

「七時？」

「そう。真壁さん、いつも七時にこの店開けてたんだよ。だから店の常連だったオレとしては同じ時間に店を開けてほしいわけ。それが約束できるんだったら、今すぐ融資するけど？」

「融資って、おまえがか？」

闇金の使い走りが寝言を言うなとばかりに黒田が鼻で笑う。

それもそうだろう。誰も湊を見て金貸しだなどと思わない。細身のジーンズにTシャツ、モッズコートにブーツ、茶色っぽい長めの髪とくれば、誰がどう見ても売れないバンドマンか休みの日のホストといったところだ。案の定、黒田も湊を取るに足らない若造と判断したらしい。

自分が実年齢より若く見られることには慣れている。いつものことだと肩をすくめ、湊はポケットから名刺入れを取り出した。中から一枚名刺を引き抜き、それを黒田に差し出す。

「ちゃんと名乗ってなかったね。オレ、桜井湊。『ポートファイナンス』っていう貸金屋の社長やってんだけど」

「ああ？　社長？　おまえみたいなガキが？」

素っ頓狂な声を上げた黒田ににんまりと笑いかけ、湊は担いでいたデイパックを下ろした。中から輪ゴムで無造作に束ねた札束をふたつ取り出し、それをカウンターに置く。

「ちゃんと店をやるって約束できるんだったら、今すぐ二百万融資するよ」

それが黒田との始まりだった。


身元の証明となるものは免許証ひとつきりで、職業はほぼ開店休業状態のバーの経営者。見るからに胡散臭げで、本来ならば絶対に金を貸したりしないたぐいの人間だったが、真壁の友人だという言葉に気持ちが動いた。

理由はわからなかったが、真壁は友人知人関係が希薄だった。誰かと連れ立って飲みに行っている姿もほとんど見たことがない。必要以上の会話をすることもなく、いつもひとりでバーの片隅で酒を飲んでいる。それが真壁の印象だった。黒田はそんな真壁の古くからの友人だという。

にわかには信じがたかったが、友人というのは本当らしく、『BLACKWALL』という店の名前も黒田の『黒』と真壁の『壁』から取ってつけたのだそうだ。そういえば、生前に真壁がそんなことを言ってたと思い出し、胡散臭さは拭《ぬぐ》えないものの黒田を信じることにした。柄にもなく甘い判断を下してしまったのは、黒田がどことなく真壁に似ていたからだろう。

顔の造りや大きな体はもちろんだが、特に声が似ているように感じた。骨格が似ていると声も似てくるのだろうか。目を閉じていると、そこに真壁がいるような錯覚に陥った。

どうしても真壁を忘れられない自分に呆れつつ、湊はその場で黒田に二百万円を貸し付けた。

こうして黒田は湊の客となり、今に至る。

黒田に貸した金は、店の金ではなく湊のポケットマネーから出ていた。素性のよくわからない胡散臭いことこの上ない黒田に、店の金を貸せるはずがない。貸せても五万が関の山だ。二百万円という金を、十日で三割のトサン、十日で五割のトゴという利息ではなく、十日で一割という湊にしては破格の利息で貸したのも、自分の金だからこそできるものだった。

真壁の友人なら無利子での貸し付けもかまわないかと一瞬考えもしたが、初対面の黒田にそこまでしてやる義理もない。湊とてボランティアで金貸しをしているわけではないのだ。

金がない惨めさと辛さは嫌というほど知っている。

子どもの頃は貧乏のどん底にいた。食べていくために母は体を売っていた。それだけでは到底生きていけず、息子までも見ず知らずの男に売り渡した。湊には、拒むことも、母を責めることもできなかった。そうして体の痛みと心の痛みに耐えながら得たのは、ほんのわずかな金だった。あんな惨めで辛い思いは二度としたくない。

空腹と寒さに震えて眠る夜と、男の汗と精液の匂いを嗅《か》ぎながら眠る夜では、どちらがましだったのだろうかと考え、小さくため息をつく。

どちらもクソだと呟き、湊はコートのポケットに手を突っ込んだ。

貧乏は恥《はじ》ではないが、不便なものだと言ったのは、確かイギリスの詩人だったような気がするが、恥と感じることと惨めと感じることの差は何なのだろうか。

そう思い、湊は自虐《じぎゃく》するように唇を歪《ゆが》めた。

恥だろうが惨めだろうが、結局同じだ。何をどう感じようが金がないという事実は何も変わらないし、嘆いていても仕方がない。金がなければ、生きていくための食い物ひとつ買うことができないのだ。

世の中には、金さえあれば解決することがあまりにも多い。人は、ほんのわずかな金を得るために、奪い、殺しさえもする。真壁もそんな輩《やから》に殺されたのだ。

外はすっかり暗くなっていたが、麻布十番大通りはますます人が多くなりつつあった。人をよけながら、湊は通りを歩いていく。夜の街を歩くのは好きだった。どれだけ汚れていても夜の暗さがそれを隠し、街灯の明かりが偽りの化粧を施してくれる。何より、外を歩いていれば空を見上げられた。暗い部屋に充満していた煙草のヤニの匂いも、男の精液の匂いも、ここにはない。

真壁に出会うまで、ただ金を得るためだけに自分の体と心を削って生きていた。食べていくために偽りの愛を金で売る。客は金で得たその愛を数時間だけ楽しむ。ギブ・アンド・テイクだ。

真壁と過ごした数年間だけは偽りではない愛に満たされていたが、今はその真壁もいない。信じられるものはまた金だけになった。

「愛だの何だの言ったたって、結局は金なんだよな——」

どこまで行っても人は金の呪縛からは逃れられない。

世の中は金だ。金が全てなのだ。

だから金以外何も信じない。誰も信じない——。

「言葉なんか信じられないんだよ……」

ぽつりと呟きうんと伸びをする。街のきらびやかな光に目を眇《すが》めつつ、湊は足早に通りを歩いていった。

2

くすんだスチールのドアの向こうに湊の姿が消えると、黒田はふんと小さく鼻を鳴らした。

十日に一度やってくる若い金貸しは、毎回二十万を毟り取って帰っていく。

『ポートファイナンス』の桜井湊といえば、この界隈《かいわい》で知らない者はいない。むろん、黒田も湊のことは知っていた。

人形のようなきれいな顔にそぐわないえぐい取り立てをする金貸しがいる。関わり合いになるとろくなことがない。ここで店を始める際に聞かされた噂《うわさ》だった。いったいどんな男なのだろうと興味があったが、湊に会った瞬間にその興味はきれいさっぱり消え失せた。

「あいつ、覚えてねぇんだろうな……」

ぽつりと呟き、カウンターの隅に置いた灰皿を引き寄せる。煙草を一本弾き出した黒田は、オイルライターで火を点けた。とたん、周囲に甘い香りが漂う。

バニラの香りがするこの煙草を吸い始めたのはいつ頃だっただろうか。厳つい風貌の自分に似合わないと笑われたものだが、気にせず吸い続けている。煙草なんて金に火を点けて燃やしているのと同じだという湊の言葉をふと思い出し、黒田は小さくため息をついた。

湊は何かにつけて金の話をする。金がなければ生きていけない、愛だの情だので腹がいっぱいになるわけがない。そう常日頃から口にした。金貸しなのだから仕方がない部分があるにせよ、世の中で信じられるものは金だけだと言わんばかりの湊を見ていると、心の内に苦いものがこみ上げてくる。

「カネ、カネ、カネ……か――」

煙草のヤニですすけた天井を見上げ、黒田は灰皿に半分ほどになった煙草を捻《ね》じ込んだ。ここに湊がいれば、もったいない吸い方をするなと小言を喰らっただろう。だから金が貯まらないんだと肩をすくめる湊の様子が目に浮かぶ。

十以上も年下の金貸しに説教される中年男。そんな自分に呆《あき》れつつ、黒田はスチールのドアを開けた。表の壁にしつらえられたライトを点けると、銀色のプレートに小さく『ＢＬＡＣＫＷＡＬＬ』と書かれた文字が浮かび上がる。

ふと脳裏に浮かんだのは、目を閉じた真壁の顔だった。一緒に笑い合っていた頃ではなく、思い出すのはなぜか棺の中に横たわる真壁の姿ばかりだ。決して安らかではなかった最期《さいご》だろうに、棺の中の真壁の表情は穏やかで、唇には笑みさえ浮かべていた。

その顔を振り払うかのように大きく息を吐き出し、黒田は店に戻った。

カウンターの中に入り、棚の隅に置いたショットグラスを取り出す。それにスコッチを注いだ黒田は、手元のグラスにも同じように酒を注いだ。それをコツンとショットグラスに当てる。

「店、開けるぞ」

誰に言うともなく呟き、酒を飲み干す。

それは、たった一人で行う真壁への献杯だった。毎日店を開けるたびにしている自分だけの儀式だ。

いつもの儀式を終え、店に流す音楽のスイッチを入れた黒田は、カウンターの隅の椅子に腰を下ろした。

時刻はまだ十九時を少し過ぎたばかりだ。週末の夜とはいえ、こんな早い時間からバーに酒を飲みに来る客もそうそういないだろう。流行《はや》っているとは言いがたいが、それでも月に数回顔を見せる常連客がいるにはいる。

ドアをちらりと振り返り、黒田は軽く肩をすくめた。

今日の一番客は誰だろうか。時々芸能人のたまごを連れてやってくる派手な服を着た業界人か、それともダークグレーのスーツを着た眼鏡の会社員か。どちらの男も週に一度は顔を見せて高い酒を飲んでいく。時折送られてくる意味深な視線で、ふたりともゲイだろうということがわかったが、別に誘いに乗る義理もない。近辺のクラブのホステスらしい女も時折やってくるものの、この時間はまだ店で客の相手をしているだろう。

客が入るまで飲んで待つかと、ボトルを手元に引き寄せた黒田は、空になったグラスに酒を注いだ。ついでに、ナッツが入っている缶の蓋《ふた》を開ける。つまみにしようと思ったが、割れたピーナッツが缶の底に少し転がっているだけだった。

「足しとくか」

いくら客が少ないとはいえ、つまみにする乾き物ひとつないというのも格好がつかない。カウンターに戻った黒田は、屑状態になっているピーナツを皿に移し、棚からナッツの袋を引っ張り出した。

アーモンドやカシューナッツが交じったそれを缶に移し、割れたピーナツを口に放り込む。真壁に捧げたショットグラスに目を向けた黒田は、皮肉っぽく唇を歪めた。

「なあ、駿一。おまえの恋人はとんでもないあばずれだぞ」

もうこの世にいない男に向かってそうぼやき、酒を口にする。

きっと湊は黒田のことを覚えていない。いや、気づきもしていないのだろう。

三年前、湊は真壁の葬儀場に姿を見せた。その時の湊の目は、真壁以外何も映していなかった。おそらく、その場にいた人間を誰一人として見ていなかったに違いない。湊はただ真壁の遺影と、棺だけを見つめていた。

真壁が同性愛者であることは知っていた。だから、男の恋人がいてもおかしくないだろうと思っていたし、若い男と暮らしているという話も本人から聞いていた。だから、真壁の近しい友人たちに湊が真壁の恋人だと教えられても、そう驚きはしなかった。

少し儚《けかな》げで中性的な雰囲気のある若い男。『湊』という名のその男は、西洋人の血が入っているのか色素が薄い茶色い髪と目が印象的で、人形のような整った顔立ちをしていた。

着慣れない黒い礼服を着込み、湊は無言で棺の前に立っていた。涙ひとつ流すことなく、真壁の顔だけを見つめているその様子に、胸が痛んだのを覚えている。ただ茫然《ぼうぜん》と立ち尽くす湊に声をかけようかと思ったが、何を話せばいいのかわからず結局その場から立ち去った。

湊のことはそれ以降すっかり忘れていたが、まさかその一年後にこの店で再会するとは夢にも思わなかった。ましてや葬儀場で見かけた儚げな男が、悪名高い『ポートファイナンス』の社長だなどと誰が思うだろうか。

儚げどころか、湊は悪辣《あくらつ》な金貸しそのものだった。

『ポートファイナンス』に金を借りたら最後、身ぐるみ剝がされて女は裏風俗に、男は劣悪な労働環境の現場に売り飛ばされるというのがもっぱらの噂だ。

最初は黒田もそんなものはただの噂に過ぎないと思っていたが、一年近く湊と顔を突き合わせていると、噂が噂ではなかったことを思い知らされた。湊に金を借りて風俗店に売り飛ばされていった女たちは数知れず。ある日、街から忽然《こつぜん》と姿を消した男もいる。

金を返さなければフィストファックだと言い残して立ち去った湊を思い出し、黒田はげんなりと肩を落とした。冗談だと思いたいが、湊の場合、どこまでが冗談なのかいまひとつ量りづらい。

「二百万……か――」

酒を口にしながら呟き、苦笑した。

別に返せない額ではなかった。あの時、賃料の支払いが滞っていたのも、単に銀行に金を入れるのを忘れていただけだ。昼の混み合った銀行に行くのが面倒で、そのうち不動産屋が取り立てにくるだろうと放っておいた。まさかその場に金貸しとして湊がやってくるなど、夢にも思わなかったのだ。

真壁の葬儀に黒田がいたことに、湊は全く気づいていない。気づかないまま十日ごとに借金の取り立てにやってくる。

集金にくる湊に、黒田は元金はそのままにして毎回二十万円の利息だけを払っている。そうすれば、湊はまた十日後に金の回収に現れる。この二百万円の借金がある限り、湊との縁が切れることはない。返せる金をあえて返さず法外な利息を払い続けているのは、真壁駿一を湊から奪ってしまったことに対する贖罪《しょくざい》の意味もあった。

金を返すついでに他愛のない話をする。湊と交わす会話はくだらないものばかりだけれど、それでもたまに笑顔を見せられると心が軽くなるような気がした。たとえ呆れ気味の笑顔であったとしても、それが桜井湊という若い男の本当の表情ならばいい。ここに来ることで湊が少しでも笑っていられるならば、それでいいと思った。

事実、この一年で湊の表情が少しばかり変わってきているように感じた。

葬儀場での湊は、心が壊れた人形のようだった。放っておいたらこのまま儚くなってしまうのではないかと、密かに案じていたくらいだ。

ところが、二年後にこの店で偶然再会した時、湊は全くの別人に成り果てていた。

世の中を斜めに見ているような雰囲気を醸《かも》し出し、他人を平気で騙して陥れる『ポートファイナンス』の悪魔。この世で信じられるものは金だけだと口にする湊は、闇金業界に巣喰う悪徳金貸しそのものになっていた。

斜に構え、唇を歪めて金の話をする湊。湊をそんな風に変えてしまったのは、『ポートファイナンス』のケツモチであり、金主《きんしゅ》との間を取り持っている室藤組の室藤健吾だ。

数年前まで室藤組は征隆会《せいりゅうかい》の三次団体で、構成員の数も二十人足らずの小さな組だった。それが今や征隆会の直系にまで成り上がり、組織の中でも幅を利かせている。

室藤は湊に経営を任せている闇金融の他にも、裏カジノや裏風俗的なクラブを数件経営している。最近はそこに違法薬物の売買が加わり、室藤が手にする金はかなりの額に上るというもっぱらの噂だ。

ただし、派手なシノギほど警察に目をつけられやすくなる。大がかりな手入れを喰らえば上部団体である征隆会まで一網打尽《いちもうだじん》になりかねない。征隆会の五代目も、好き勝手にふるまう室藤に手を焼いているが、室藤組からの上納金で横っ面を張り倒されている状態でろくに口を挟めないでいると聞く。その室藤の金の出どころのほとんどが湊からのもので、征隆会の直系に昇格する際に積んだ数億の金も、どうやら湊から毟り取ったらしい。

元証券マンで、金を儲ける方法を知っていた真壁。恋人だった湊は、おそらく真壁からその知識を受け継いでいたのだろう。それを目ざとい室藤が放っておくわけがない。案の定、湊は室藤に目をつけられ、いいようにカモにされている。

室藤は昔から喧嘩にはあまり強い方ではないが、頭と口の回る男だった。自ら直接手を下さない。しかし、どんな手を使ってでも確実に欲しいものを手に入れる。そういう小狡《こずる》さのある男だ。

室藤の人となりを知る黒田には、湊が室藤にどんな目に遭わされているのか手に取るようにわかった。

できることなら湊を室藤から助けてやりたいと思う。安心して笑っている顔を、かつて真壁に見せていただろう本当の笑顔を見たいとも思う。だが、全てを知っていても何もできないのが今の黒田の立場だ。

今の生き方は、自分が選んだ道だった。極道の世界から足を洗い、真壁が残した店を継いでまっとうに生きていく。そう誓ったはずなのに、それを後悔する自分がいた。

組織から外れるということは、力を失うことに直結する。それをこんな風に思い知らされるとは、想像だにしなかった。真壁を失った湊を救うことすらできない自分の非力さに、呆れるどころか怒りすらこみ上げてくる。

あんたは中途半端に優しいんだ。優しいやつは極道に向かない――。

いつだったか、真壁にそう言われたことを思い出し、黒田は固く目を閉じた。

その通りだと思った。中途半端な優しさは甘さと同じだ。そして、真壁の死は自分の甘さが招いた結果だった。

真壁を死なせた後悔で極道の世界から足を洗ったものの、今度はそのせいで力を失い、室藤という網にがんじがらめにされている湊を救えなくなった。湊が目の前で苦しんでいるというのに、自分はただ指を咥えて見ていることしかできないのだ。

これは、現実から目を背け、逃げてしまった自分への罰なのだろうか。

「駿一……俺はどうすればいいんだろうな。俺は湊に何をしてやれるだろう――」

ショットグラスに入った酒を見つめつつ黒田は呟く。返ってくることのない答えにため息をつき、真壁に捧げたグラスの酒をあおった。

強い酒で喉が焼けたが、かまわずまた酒を注ぐ。どんなに強い酒であっても酔いが回ることはなかった。酔って忘れられればいいのに、それすらもできない。どれだけ飲んでも酔えない自分に、黒田は喉を鳴らして笑った。

何かをしてやろうなどと、ただの驕《おご》りだ。己の身ひとつままならない今の自分に、いったい何ができるというのだ。

「甘いんだよ俺は……甘いからケツを割ったんだよ……」

グラスを握りしめたまま黒田は自嘲《じちょう》する。外の喧騒から取り残された店内に聞こえるのは、低く乾いた笑い声だけだった。

3

午後の集金を終えた湊は、東麻布にある三階建ての雑居ビルの前で立ち止まった。白っぽい外観のビルには、一階に古い喫茶店があり、二階は行政書士事務所が入っている。三階と四階が湊が経営している『ポートファイナンス』の事務所だ。

「やっぱりエレベーターあった方がいいよな」

引っ越すことがあればエレベーター付きのビルにしようと思いつつ、狭い階段を上っていく。『ポートファイナンス』と小さなプレートが張り付けられたドアを開けた湊は、「お疲れさん」と従業員二人に声をかけ、一番奥の机に向かった。

担いでいたデイパックを下ろし、集金したばかりの金を金庫に入れる。椅子に腰を下ろした湊は、ぐるりと部屋を見回した。

五十平米ほどの広さの事務所に机が五つと、顧客データのファイルが入った棚が数本。少し奥まった場所にあるソファセットは、パーティションで区切られ出入り口から中の様子が見えないようになっている。

昨日もここで新規の客に十万円を貸した。どうしても欲しい服と靴があるから金が要るという大学生だった。その前にやってきたのは、キャバクラに通い詰めている四十代の会社員だ。ようやく口説き落とした女と旅行に行くからその旅費を貸してほしいという。

新規の客に貸す金は最高で十万。十日で五割の利息を承知の上で、客たちは湊から金を借りていく。彼らが十日後に利息分を含めた十五万円、耳をそろえて返済する確率は三割以下だ。

金を手にした瞬間に、それが必ず返済しなければならない『借金』であることを忘れる愚かな債務者たち。借りた金の使い道など知ったことではなかった。彼らは、湊たち金貸しにとってただのカモでしかない。延々と金という名のネギを運び続けるだけのカモ。やがてそのネギを運べなくなり、カモは自ら食材になる。

「あの、湊さん、ちょっといいですか」

机の上のパソコンを開いていると、先ほどまで電話で怒鳴り散らしていた八野田《やのだ》に声をかけられた。八野田の前職はホストらしく、一見すると優しげな雰囲気であるため女受けがいい。八野田に任せている客のほとんどが女だ。とはいえ、やっていることは湊と何ら変わりなく、債務不履行に陥った女を、八野田は平然と風俗店に送り込む。

「先月から『ヘブンドール』に行かせてるリリカなんですが、最近ぜんぜん指名がつかないらしいんですよ。先週も十万貸し付けてますし、そろそろヤバイですよね」

『ヘブンドール』のリリカと頭の中で復唱し、湊は小さく笑った。確か、ホストに入れあげて二百万近い借金を抱えることになった会社員の女だ。会社の給料だけでは到底返せる金額ではなく、仕事が終わってから湊が紹介したファッションヘルス『ヘブンドール』で働いている。

「あー、リリカちゃんか。そっか。じゃあ、もっと稼げるところを紹介してあげてよ。『ルージュ・ルージュ』あたりの」

店の名を口にすると、八野田がにやりと口角を上げた。

『ルージュ・ルージュ』はファッションヘルスではなく本番行為のある店だ。料金もそれなりに高く、実入りも大きい。しかも、女を紹介すれば、八野田にも紹介料というボーナスが転がり込んでくるという寸法だ。

リリカはもう一番深い場所まで堕《お》ちるしかない。昼の職場を辞めてしまうのも時間の問題だろう。

若い女は別にかまわない。会社を辞めたとしてもそれなりに使い道がある。問題なのは、中途半端に年を食った中年の男だ。

「八野田、昨日返済に来た田町《たまち》だけどさ」

話を切り出すと、八野田が「ああ」と小馬鹿にしたように唇の端を上げた。

「あの風俗大好き課長ですか」

田町は、妻子もおり、名の知れた大企業に勤めているにもかかわらず風俗店に通い詰めている男だ。借入額は百万と少し。最初に借りた十万の利息分すら返済できず、ジャンプと新たな融資で借金が雪だるま式に膨らんでいる。

「そう。その田町。何があっても今の会社にしがみついとけって脅しかけといて」

「脅しっすか……？」

「何のとりえもない四十過ぎたおっさんなんてさ、会社辞めたら再就職なんかまともにできるわけないじゃん。辞められると搾《しぼ》り取れなくなるからさ」

搾り取るという言葉ににやりと笑い、八野田が受話器を手にした。八野田の隣では西久保《にしくぼ》が名簿業者から買い付けた多重債務者リストを片手に営業電話をかけ続けている。

馬鹿ばかりだ――。

そう心の中で呟き、湊はパソコンの画面に目を落とした。

午前中は下がり気味だった株がいい感じに上がり始めている。そろそろ売り時だとキーを叩き、画面を閉じた。

ゼロの数がこれでまたひとつ増えそうだ。資金が増えれば、また新たな投資もできる。そう思いつつ立ち上がると、ポケットの中でスマートフォンが振動した。送信されてきたメールの内容に、思わず眉根を寄せる。

十七時とただ時間だけが書かれているメールの差出人は、名前を見ずともわかった。

無言で机の引き出しを開き、紙袋を取り出す。ずっしりした重さのあるそれをデイパックに入れた湊は、つと八野田に目を向けた。

「今から室藤さんのところに行ってくる。電話に出られないから、何かあったらメールしといて」

そう言い残し、デイパックを担いで部屋を出る。さっき上がったばかりの階段を下りた湊は、麻布十番方面へと向かった。

　別に室藤のマンションがある西麻布までタクシーを使ってもよかったが、指定の十七時までまだ時間があった。何より、そこに行きたくないという気持ちが強く働いていた。できることなら行きたくない。けれど、行かなければ何をされるかわからない。

「所詮《しょせん》オレもカモなんだよな……」

　うんざりした面持ちで呟きうんと伸びをする。空に蓋をしている首都高速の薄汚れた高架を見上げつつ、湊は通りを歩いていった。

＊＊＊

　喉の奥を突かれる苦しさに吐き気がこみ上げた。床に跪《ひざまず》き、頭を押さえ付けられた状態で男のものに奉仕する。そこに愛情など何もない。

　月に一度、湊は室藤健吾《けんご》のマンションに呼び出された。

『ポートファイナンス』のケツモチであり、資金提供者である『金主』との間を取り持っているのが広域指定暴力団征隆会系室藤組だ。

　闇金のほとんどがそうであるように、『ポートファイナンス』も室藤組を経由して『金主』から億単位の金を回してもらっていた。利息は一カ月に十五パーセント。むろんノルマも課せられている。挙げ句にこうして性的な奉仕まで強要されているのだから、奴隷といったい何が違うというのだろうか。

「ぼけっとしてんじゃねぇよ。ちゃんと咥《くわ》えろ」

言いながら室藤がぐいと髪を摑んだ。のけぞったとたんに、口腔の奥を突かれる。屹立《きつりつ》した性器に喉の奥を擦《こす》られ吐き気がこみ上げた。

「うぐ……っ……、う……ぅ……」

「口、もっと開けろ。ちゃんとしゃぶれっつってんだよ」

逃げようとする頭を押さえ付け、室藤が激しく腰を振る。じゅぶじゅぶと淫《みだ》らな音を立てて性器が口腔を出入りするたびに、湊は体を痙攣《けいれん》させた。

服を脱いで抱き合うわけではない。官能的な口づけもなく、むろん愛撫《あいぶ》などあるはずもない。室藤は湊の口をただの性欲処理の孔としか見ていなかった。だがそれ以上に湊もまた、室藤に対して何の感情も抱いていない。雄の匂いを充満させた液体をまき散らすだけのただの棒。それが湊にとっての室藤だ。

「ああ、いいぜ、湊……」

髪を摑んでいる室藤が、より大きく腰を動かし始める。そろそろ絶頂に向かいつつあるのだろう。竿《さお》を出し入れするたびに顎《あご》に当たる袋が、少しずつ硬くなってきていた。

「う……ぉ……」

やがて低い呻《うめ》き声が聞こえ、口の中にどろりとした白濁が流し込まれる。生臭いそれが口腔に広がる感触は、ただの不快感でしかなかった。やがて、全て出しきった室藤がゆっくりと腰を引く。舌の上に溜まったままの精液を吐き出そうとすると、無理やり鼻と口を塞《ふさ》がれた。

「ぐ……っ……」

「吐き出すんじゃねぇよ。飲め」

言われるままそれを嚥下《えんげ》した。拒絶すれば殴られた上で飲まされる。どうせ飲むなら黙って命令に従っていた方がましだと思った。

ごくりと喉を鳴らし、報告するように口を開く。口の中に何も残っていないことを確認すると、室藤が軽く頬《ほお》を叩いた。

「やりゃできるじゃねぇか」

にやりと笑い、掃除をしろとばかりに白濁が絡みついた肉茎を突き出す。ちらりと室藤を見上げた湊は、硬いままのそれに渋々舌を這《は》わせた。

最初から一度で終わるとは思っていない。ここに来れば、室藤は必ず二度射精する。けれど、口淫を強要するものの、室藤が湊の尻を犯したことは一度もなかった。湊に服を脱ぐように言ったこともなければ、性器に触れたこともない。どうせ室藤に触られたところで、不快感こそあれど快感などあるわけがないし、勃起《ぼっき》もしないだろう。

今もそうだ。こんなにも淫らな行為をしているのに、性器はぴくりとも反応しない。こみ上げてくるのは馬鹿馬鹿しさに対する笑いだけだ。

その笑いを必死で噛み殺しながら湊は室藤に奉仕し続ける。もう一度喉の奥を犯し始めた室藤は、間をおかず二回目を湊の口の中に放った。

「ふ……ぅ……」

小さく息をついた湊は、先ほどよりやや少ない量の精液を飲み下した。唇を指で拭い、ソファに座っている室藤に目を向ける。二度の射精で満足したのだろう。身づくろいを終えた室藤は、ぷかりと煙草の煙を吐き出していた。

「相変わらずおまえのフェラは最高だな」

下卑《げび》た笑いを浮かべ、室藤が唇を歪める。それに一瞥をくれ、湊はデイパックから紙袋を取り出した。

「これ、今月の分」

百万円ずつ輪ゴムで束ねた札を紙袋から出し、テーブルの上に置く。札束は全部で十五。それらを積み上げ、湊はゆっくりと立ち上がった。

「じゃあ、また来月――」

用が済んだら長居は無用だ。だが、帰ろうとした湊を室藤が「待て」と呼び止めた。

「まだ用は終わってねぇんだよ」

そう言った室藤が、苛々《いらいら》と煙草の灰を床に落とした。

こんな時の室藤に逆らうとろくなことがないというのは経験済みだった。ヘタに口答えをすると、室藤が飽きるまで殴られる。それだけで済めばいいが、虫の居所が悪いと男も抱けるという舎弟に湊を犯させるのだ。

今さら男に犯されたところで何とも思わないが、無理やりの暴力的なセックスはやはり体が辛い。

「用って……？」

尋ねると、室藤が天井へ向かって煙草の煙を吐き出しつつ言った。

「二千万、回せ」

「二千万？」

いきなり大金を要求され、眉を顰《ひそ》める。そのまま問い返すと、室藤が鬱陶《うっとう》しげに煙草を灰皿に捻じ込んだ。

「ちょっとしくじってな」

兄貴分に薦められて外国為替証拠金取引――通称ＦＸと呼ばれるそれに手を出したものの、多額の損失を出して上部団体への上納金に手が回らなくなりそうだという。

「二千万くらいすぐ出せるだろうが。来週までに持ってこい」

「……いきなりそんな金回せって言われても――」

出せないことはないが、回した金が戻ってくる保証はない。室藤の言う『金を回せ』は、無償で差し出せと言っていることと同じだ。

「来週までに二千万なんて無理だよ」

「ああ？　おまえ、誰に向かってそんな口利いてんだ？　俺が持ってこいっつったらおまえは金を運んでくりゃいいんだよ。それとも何か？　もういっぺん体に教えてやらねぇとわかんねぇか？」

室藤がくっと喉を鳴らして笑った瞬間、背に冷たいものが流れた。

思い出したくもない過去が脳裏をよぎり、手足が震えだす。それに気づいたのか、室藤がゆっくりと立ち上がった。とっさに逃げようとすると、力任せに髪を摑まれた。

「いっ……」

「なあ、湊。あの時は五人だったよな。今度は何人に犯られたい？　十人か？　二十人か？　三日くらいケツにぶち込まれっぱなしだとどうなるんだろうなぁ？　ああ？」

湊の体を壁に押し付け、室藤が獰猛《どうもう》に囁く。口を閉ざすと腹に拳《こぶし》を叩き込まれた。

「ぐっ……うっ……」

胃の中のものを全てぶちまけそうになり、体をくの字に折り曲げる。だが、それを許さないとばかりに、襟足を摑まれた。無理やり上を向かされ、再び嘔吐感がこみ上げてくる。

「む……室藤さん……」

「自分の立場ってもんを忘れんなよ、湊。おまえは黙って金運んでくりゃいいんだよ」

自分の立場——。

心の中で復唱し、湊は小さくため息をついた。そして、おまえはこの街で何を学んだのだと自嘲する。

「……わかった。金、用意しとくよ」

＊＊＊

室藤のマンションを出た湊は、足早に大通りへと向かった。途中、自動販売機で水を買って口の中を漱《すす》いだ。何度も水を口に含んでは溝にそれを吐き出したが、精液の生臭さはなかなか消えてくれない。仕方なくブラックの缶コーヒーを買い、今度はそれで口を漱いだ。

口の中に広がるコーヒーの苦みが、ようやく精液の匂いを消していく。

「死ね、変態野郎」

空になった缶をゴミ箱に投げ込み、湊は悪態をついた。

月に一度、十五パーセントの金利を持っていくたびに、室藤は口での奉仕を要求してくる。尻を犯されないだけましなのかもしれないが、だからといって不快感が拭えるわけでもなく、無駄に太い室藤のものを咥えた後は顎がだるくて仕方がない。おまけに今日は室藤の損失の二千万円を肩代わりさせられる羽目になった。

「馬鹿のくせに後先考えずにレバレッジなんかやるからこうなるんだよ」

室藤にはああ言ったが、別に二千万円くらい痛いわけではなかった。金主から回してもらっている金も、返そうと思えばすぐにでも返せる。だが、室藤がそれを素直に受け取るはずがないことくらいわかっていた。

客たちが自分にとってカモであるように、室藤にとって湊自身がカモなのだ。

せっせと金を運び、自らをも差し出す馬鹿なカモ。池から逃げることもできず、いつか食われるためにただそこで飼われている哀れなカモだ。

家を飛び出した湊が街で学んだことは、カモにするか、カモにされるか、そのふたつだった。食うか食われるか、そのどちらかしかない過酷な世界。その中で翻弄《ほんろう》され、湊は知った。狩られる立場ではなく、狩る立場になる。そのため必要なのが金だ。金さえあれば立場は変わるのだと。

ずっと自分にそう言い聞かせて生きてきた湊にとって、真壁と暮らした数年間だけが安らぎの時間だった。けれど、それも真壁の死によって露と消えた。今の湊にはもう金しかない。信じられるものは金だけなのだ。

その金も充分すぎるほど手にしているのに、なぜか自分はいつまで経ってもカモのままだった。室藤という名の池から逃げることすら叶わない。

「もうカモられるのはごめんだな……」

札束が消え、軽くなったデイパックを担ぎ直した湊は、麻布十番に向かう細い坂を下っていった。別に事務所に帰ってもよかったが、何となく八野田たちに会うのが嫌だった。

八野田は何も言わないが、室藤が湊に何を要求しているのか薄々わかっているだろう。室藤に嬲《なぶ》られた後の顔を八野田たちに見られたくなかった。きっと自分は精液の匂いを漂わせているに違いない。それを皆に知られたくない。

このまま自分の部屋に戻ろうか。そう思ったが、ふと思い立って暗闇坂方面に足を向けた。時刻はそろそろ二十時になろうとしている。いくらずぼらな黒田でも、もう店を開けている時間だろう。

八野田たちに会うのは嫌だったが、黒田は別だった。

黒田の側にいると、なぜか心が安らぐ。もしかすると、声が真壁に似ているからなのかもしれないが、体の大きな黒田が横にいるだけで、巨木に守られているような気持ちにさせられるのだ。黒田のいいかげんさに呆れることが多いのに、その心地よさに誘われてつい『ＢＬＡＣＫＷＡＬＬ』へ足を運んでしまう。

もともと黒田のような男くさい男は嫌いではなかった。真壁に似た外見も、むしろ好みの部類だ。自分がゲイだという自覚はあるが、黒田もそうなのかあえて聞いたことはない。けれど、真壁の友人ならばもしかするとそうかもしれないとも思った。何せ黒田の周辺に女の匂いが全くと言っていいほどしないのだ。

店にやってくる女たちと話はするものの、客と店主という一線を越えているようには見えなかった。中にはそれを望んでいる女もいるようだが、黒田がその誘いに乗ることは一切ない。女たちの誘惑を、黒田はのらりくらりとかわしている。

もしも湊の想像通りだったとして、本気で誘えば黒田は乗ってくるだろうか。それとも、馬鹿なことを言うなと拒絶されるだろうか。

間違いなく後者だと思い、ため息をついた。

集金に行くたびに金がないとごねる黒田に、ならば自分に体を売れと言っている。冗談のつもりだったし、黒田も本気だと思っていない。互いにわかってる上でのたわいもない言葉遊びだ。

ところが、最近はそれが少しずつ遊びではなくなっているような気がして仕方がない。

『BLACKWALL』に集金に行った夜は、寝苦しくなることが多くなっていた。やけに体が疼き、真壁を思い出しながら自慰をすることもある。しかし、その真壁の顔が時々黒田にすり替わることがあるのだ。そのたびに違うと自分で自分を否定するのだが、あまりに頻繁になってくると自分の気持ちがわからなくなってくる。

真壁に何となく似ている感じがする黒田。その黒田に抱かれるとどんな心地なのだろう。

あの太い腕に抱き締められたら――。

あの厚い胸に抱き込まれたら――。

そう思ったとたん、黒田の裸体が脳裏をよぎった。黒田の裸など実際に見たことは一度もないのに、厚い胸板や太い二の腕が目に浮かぶ。次の瞬間、大きな体に組み敷かれている自分の姿を想像してしまった。

「え……」

思わず道の真ん中で立ち止まった湊は、自分の口元を覆った。

黒田の裸体、そして勃起した性器。見たことのないはずのそれらが頭の中で形となり、体が一気に熱くなっていく。それどころか、ズボンの中で性器が雄の形に変わろうとしていた。

「噓《うそ》……」

場所もわきまえず勃起してしまったせいでズボンの前が膨らんでいる。慌ててコートの前を閉じた湊は、麻布十番大通りの隅にある公衆トイレに駆け込んだ。

幸い空いていた個室に入り急いで鍵をかける。ベルトを外し、ズボンのファスナーを下ろすと下着の中で性器が硬くなっていた。

「……マジかよ」

無節操極まりない自分の股間に毒づき、下着をずらす。勃起した肉茎は、自由を得たとばかりにそこから弾け出た。

ついさっき室藤に口淫を強要されていた時はぴくりとも反応しなかったくせに、見たこともない黒田の体を想像して勃起している。そんな自分に呆れつつ、肉茎にそっと指を絡めた。

亀頭を半ばまで覆っている包皮を下げ、ゆっくりと手を動かす。薄いピンク色をした裏筋を指でなぞるとたまらない快感に襲われた。少し触れただけで性器がびくんと腹に向かって跳ね上がる。

「あ……、あ……」

こんなところでだめだと思いつつも、手が止まらなかった。竿を焦《じ》らすように擦りながら、露《つゆ》を滲ませ始めた先端を親指でじっくりと撫でていく。とたん、ぞくぞくしたものが股間から背に向かって這い上がった。快感のあまり、膝《ひざ》ががくがくと震えだす。

「は……あ……、あ……ぁ……」

脳裏に浮かんだのは、真壁ではなくやはり黒田の顔だった。

黒田という男がどうであれ、あの大きな体は好きだった。今までも、自分にはない雄の体を持つ大柄な男ばかりと付き合ってきている。真壁もそうだ。太い腕に壊れるのではないかと思うほど強く抱き締められると、たまらない幸福感に満たされる。

「抱いてよ……黒田さん……」

そう口にした瞬間、慌てて頭の中の黒田を追い払った。

黒田は客でカモだ。搾り取れるだけ金を搾り取り、搾りかすになったらどこかの労働現場に売り渡す。他の客たちと同様、それ以外の何物でもない。なのに、体が黒田をこんなにも欲しがって疼いている。

「は……ぁ……、ヤバイ……」

背をドアにもたれさせて目を閉じた湊は、肉茎を一気に扱《しご》き上げた。空いたもう片方の手で袋の中の玉を揉《も》む。

頭に浮かんできたのは、やはり黒田の顔だった。

黒田ならきっとこういうやり方をするだろう。あの大きな手で濃厚な愛撫を与えてくれるに違いない。そう思いながら会陰《えいん》を軽く押すと、腹の奥がきゅううっと絞られたような気がした。

「あ……ぁ……、ふ……っ……ぁ……」

もう漏れる声を抑えられなかった。誰が来るとも知れない公衆トイレの個室で何をやっているのだろうか。そう思いつつも、肉茎を扱く手を止められない。

「く……黒田さん……、黒田……さん……もっとして……」

言ったとたん、自分の手が黒田の手のように感じ、興奮が一気に増した。

『湊――』と名を呼ぶ黒田の声が頭の中で再生され、快楽の波がどっと押し寄せてくる。頭に響く低音のそれは、まるで媚薬《びやく》を脳内に注ぎ込まれているようだった。

「あ……ぁ……、すごい……」

竿を擦る手に力を入れ激しく上下に動かす。摩擦による快感で、ひくつく鈴口から露が溢れ出した。

「気持ちいいよ……、黒田さん……黒田さん……」

今、黒田にされているのだ。黒田に後ろから抱き締められながら、性器を愛撫されている。耳に息を吹き込まれている。そう思いながら手をずらし、シャツの上から乳首を摘まんだ。痛みが快感に変わると同時に、硬く張り詰めた肉茎をより強く擦る。

『湊、そこが気持ちいいのか――？』

頭の中の黒田が、ふいに煽るような言葉を口にした。乳首を摘まむ指に力を入れると、張り詰めた性器の先端からまたしても露がとろりと溢れ出す。

「は……あっ……いいよ……黒田さん、すごく……いい……」

とろとろと溢れる露を指で掬《すく》って先端を撫で回した。震えるような快感が下肢から這い上がり、それが解放を求めて性器へと集中し始める。

「あ……ぁ……、イきそ……黒田さ……ん……、イく……イくっ――」

再び下腹が絞られる感覚が訪れると同時に、白濁が勢いよく迸《ほとばし》った。細い精路を擦ったそれが弧を描きながら便器の中へと落ちていく。

「あ……ぁ……、は……」

射精したとたん、どっと汗が噴き出した。絶頂感で耳鳴りまでしている。そのまま膝が崩れ落ちそうだったが、それをぐっとこらえてドアに背をもたれさせた。

鼓動が外まで聞こえるのではないかと思うほど心臓が激しく脈打っている。上がる息を整えながらドアにもたれていた湊は、ふと視線を下に向けた。

手のあちこちに、放った精液がねっとりと絡みついている。むろん、まだ硬いままの性器にもだ。

それを見たとたん、一気に現実に引き戻された。トイレットペーパーを引っ張り、自分が吐き出したものを拭う。

「あーあ……やっちゃったよ……」

思わずそうぼやいた湊は、そのままがっくりと肩を落とした。トイレの個室とはいえ、ここは繁華街のど真ん中だ。こんなところで黒田をオカズに何をしているのだろうか。

少しずつ萎えていく性器と同様に、気持ちまでがげんなりしていく。自慰をした後はいつもこんな感じで自己嫌悪に陥るが、今日はそれがひときわ酷いような気がした。

「何やってんだよ、オレ……」

黒田を抜きネタにするなど、自分で自分が嫌になってくる。身支度を整えて個室を出た湊は、手を洗って通りに戻った。

麻布十番大通りはそろそろ二次会に繰り出そうかという会社員や若者たちでごった返している。少し歩けば『BLACKWALL』がある暗闇坂だ。けれど、今日はとてもではないが黒田の顔をまともに見られないような気がした。

「帰ろ……」

ぽつりと呟き、繁華街の喧騒に背を向ける。

きっと今夜も眠れない。まだ疼きの収まらない自分の体を持て余しつつ、湊は首都高速の高架下をとぼとぼと歩いていった。

4

案の定、麻布十番大通りの公衆トイレで自慰をした夜は、朝までほとんど眠れなかった。眠ろうとすれば黒田の顔が脳裏にちらつく。どうしようもなく湧《わ》き上がる性的衝動を抑えきれず、自慰を繰り返した。

この時ほど自分の若い体を恨めしく思ったことはない。何度抜いても時間が経てばまた体が火《ほ》照《て》り始める。性器を扱くだけでは飽き足らず、後ろの孔まで弄《いじ》って射精した。むろん、黒田の名を呼びながらだ。

その日だけならまだしも、あれからほぼ毎日のように黒田を想像しながら自慰をしている。集金を終えて家に帰り、一人になったとたん手が性器に伸びた。

部屋で、風呂で、ベッドの中で――。

気がつけば服を脱いで性器を擦っている自分がいいかげん嫌になってくる。

「猿かよ……」

自分の部屋がある狸穴町《まみあなちょう》から麻布十番大通りへと向かっていた湊は、はあっと息をついた。

自慰をしすぎて全身筋肉痛状態だった。さっきも抜いていたせいでまだ手と肘が痛い。こんなことで腱鞘炎《けんしょうえん》など洒落にもならないではないか。

くだらないことで疲労困憊した体を引きずりながら、大通りを歩いていく。週末だからということもあるのだろう、今日の麻布十番はいつもより通りを歩く人が多いような気がした。

握々しく歩いているそれらを見るともなしに眺めながら通りの中心へと向かう。今日は『BLACKWALL』に集金に行かなければならないのだが、毎晩抜きネタにしている本人にどんな顔をして会えばいいのかわからなかった。会えばまともに黒田の顔を見られないような気がする。

「やっぱ八野田に行ってもらおうかな……」

そう思いつつ通りを歩いていると、暗闇坂のやや手前に見知った姿があった。

「あれって黒田さん……だよな」

黒田は季節を問わず濃い色の長袖シャツにズボンという薄着で、ジャケットを羽織っている姿をほとんど見たことがない。夏だろうが、冬だろうがお構いなしに同じ格好をしている。

今日の夜はかなり冷え込むと天気予報で言っていたとおり、今の気温は五度以下だ。にもかかわらず、寒風吹きすさぶ中、いつものごとく季節感を完全に無視して通りに立つあの姿は、紛れもなく黒田だ。

その黒田の横に、黒っぽいスーツを着込んだ男が立っていた。黒田よりも少しばかり若い男は、一種独特の雰囲気を醸し出している。

それを湊はよく知っていた。どす黒い闇にも似た重苦しい空気は、裏社会に身を置く者たちが持つ特有のものだ。

何となくその男の顔を知っているような気がしたが、どうにも思い出せない。必死で記憶を辿っていると、話が終わったのだろう、男が黒田に深々と頭を下げて車に乗り込んだ。もちろん運転席でもなく、助手席でもない。すぐ側に控えていた厳つい男が、そのスーツ姿の男のために後部座席のドアを開ける。男は至極当然のように後部座席に座った。

一番年若い男が、年上の厳つい男たちにかしずかれている。その様子が、ここでの男の立場を強く物語っていた。だが、なぜその男が黒田に頭を下げたりしたのだろうか。

訝りつつそれらを眺めていると、車がゆっくりと坂を下っていった。それに一瞥をくれた黒田が逆に坂を上っていく。何となく黒田がうんざりしているように見え、湊は思わず黒田の後を追いかけた。

「黒田さん」

後ろから声をかけると、黒田が驚いた顔で振り返った。

「湊?」

「珍しいね。黒田さんとこんなところで会うって。買い出し中?」

「ん? ああ……、まあな……」

あまり答えたくないのか、黒田が曖昧《あいまい》に言葉を濁す。買い出しという割には荷物を何も持っていない。それに気づかないふりをしつつ、湊は黒田に目を向けた。

思えば黒田とは『BLACKWALL』以外で会ったことがない。金を貸す際に免許証のコピーを取ったが、住所は横浜市《よこはまし》になっていた。黒田が横浜からわざわざここまで通っているとは到底思えず、おそらく住民票の住所以外の場所に住んでいるのだろう。

黒田が本当はどこに住んでいるのか湊は知らない。むろん『BLACKWALL』のマスターになる以前の黒田が何をしていたのかもだ。十日に一度必ず顔を合わせるというのに、こんなにも黒田のことを何も知らないのだ。

「そういうおまえこそ何でこんなところをふらついてんだ？　集金か？」

さっきまで部屋で自慰をしていたとも言えず、「まあね」と肩をすくめる。それに「そうか」と頷いた黒田が唇の端を上げてにやりと笑った。

「商売繁盛で結構なこった」

何とも言えぬ男っぽい笑みを見たとたん、体がかっと熱くなった。収まっていたはずの黒田への性的な欲望がじわりと湧き出し、慌てて目を背ける。

「ああ？　どうしたんだ？」

「え？　ううん、別に何でもない」

言いながらも、先ほどまでの自慰行為の名残《なごり》で体の芯がじくじくと疼き始めていた。黒田の声が耳に届くたびに、萎えていた性器が場所もわきまえずに勃《た》ち上がろうとする。

「何でだよ……」

昨日の晩から何度も抜いてやっただろう。思わず自分の股間に向かって毒づくと、黒田が訝るように首を傾《かし》げた。

「おまえ、体の具合でも悪いのか？　顔、赤いぞ。熱でもあるんじゃないのか？」

顔が赤いのはさっきまであんたをオカズに抜いていたからだ。その言葉をぐっと呑み込み、湊はわざとらしいくらいの笑顔を黒田に向けた。

「あのさ、黒田さん、今って暇？　暇だよね？」

「最初っから暇って決めつけてんだろ、それ」

呆れ気味に言いつつも、「まあ暇だけどな」と付け加え黒田がシャツの胸ポケットから煙草を取り出す。何の変哲もない銀色のオイルライターで火を点けると、ふわりと独特の香りが漂った。

いつも思うことだが、バニラのような甘ったるいこの香りは、渋めの黒田にちっとも似合っていない。なのに黒田はなぜかこの銘柄を気に入って吸っていた。どうやらコンビニエンスストアや自動販売機ではほぼ売っていないらしく、煙草を専門に扱っている店でわざわざまとめ買いしているらしい。そうまでしてこれを吸おうとする黒田がさっぱり理解できない。

「相変わらず甘ったるい匂いのやつ吸ってるんだね」

「悪かったな。好きで吸ってんだよ。どうせ俺には似合わねぇけどな」

ふんと鼻を鳴らして付け加えた黒田に「全くだよ」とため息をひとつくれる。

「で、暇な俺に忙しい貸金屋の社長が何の用だ？」

「ああ、うん。もし暇だったらさ、ちょっと飲みに付き合わないかなって思って」

「飲みに？　おまえとか？」

「オレとじゃ嫌？」

「別に嫌じゃねぇけど、高い店はごめんだぞ」

手元が不如意だと言った黒田に、湊は呆れ気味に肩をすくめた。

「あのさぁ、四十前のいい年した男が、金がない金がないって、そんなことばっか言ってるとモテないよ？」

「いいんだよ。モテなくても。もうとっくに涸《か》れてんだよ、俺は」

涸れているどころか獰猛な雄の匂いをまき散らしているくせに。そう思いながら、湊は黒田を見上げた。

強面だけれど女に優しい黒田がモテないはずがない。『BLACKWALL』に通う女たちは、皆黒田目当てだ。夜の世界で生きている女たちはもちろん、黒田が醸し出している少し危険な世界を覗いてみたいごく普通の女たちも『BLACKWALL』にいそいそと足を運ぶ。そして、女だけではなく男を好む男たちもまた、黒田目当てにやってくることを湊は知っていた。

黒田がそれに気づいているかどうかは知らないが、しょっちゅう顔を出す業界人風の男と、少し神経質そうな眼鏡の会社員は確実に黒田目当てだ。

「お金の心配ならしなくてもいいよ。今日はオレのおごりだから」

「……おまえにおごられると後が怖いんだがな」

どこまでも憎まれ口を叩く黒田に内心でため息をつきつつ、湊はとりつくろったような笑顔を浮かべた。

本当に聞きたいのはこんな言葉ではなかった。黒田とはもっと違う言葉で話をしたい。もっと自然に笑い合いたい。けれどそれは叶わぬ望みなのだろう。

どう転んでも黒田はカモなのだ。カモに過ぎない客に多くを望んでどうする。そう自分に言い聞かせ、湊は黒田と並んで暗闇坂を上っていった。

＊＊＊

「で、何で俺の店なんだ」

酒がずらりと並んだ棚を背に、黒田がげんなりと肩を落とす。不満いっぱいの顔をした黒田にちらりと目を向け、湊は薄い琥珀色《こはくいろ》の酒を口にした。

「売り上げに協力してやってんだから感謝しなよ」

ウイスキーはあまり好きではないが、『BLACKWALL』では水割りかハイボールを飲むことにしていた。そもそもいいかげんな黒田に複雑なカクテルが作れるはずもなく、頼むのはできるだけ簡単な酒にしている。その水割りにしても、黒田はグラスに氷をぶち込み酒と水を適当に入れて掻き混ぜるだけなのだ。これでバーのマスターだというのだから恐れ入る。

「黒田さんさぁ、一回バーテンダーの講習会みたいなやつ受けてくれれば？」

毎回濃さが違うスコッチのハイボールを飲みつつ、湊はミックスナッツが入った皿に手を伸ばした。

「せっかくいい店なのに、これじゃ酒が泣くよ」

今飲んでいる酒も、ステアのしすぎで炭酸が抜けてしまっている。棚にはけっこうな種類の酒が並んでいるのに、これでは猫に小判、豚に真珠というものだ。

「真壁さんはちゃんといいカクテル作ってたのになぁ……」

三年前まで黒田が立っている場所に真壁がいた。真壁の大きな手が繊細なカクテルを作る様子を見るのが好きで、飽くことなくそれを眺めていた。シェーカーを振る姿も、バースプーンを回す指の動きも、真壁の全てが愛しかった。

「前から聞こうと思ってたんだけどな。おまえ、あいつとはどこで知り合ったんだ？」

ふいに尋ねられ顔を上げた。

「あいつって？」

「真壁。あいつとおまえの接点てのが俺にはわかんねぇんだ」

「ああ、そういうこと。真壁さんと知り合ったのはニチョだよ。ニチョのバー」

真壁に初めて会ったのは二十歳を過ぎた頃だ。新宿二丁目《しんじゅくにちょうめ》にある売り専の店で働いていた時、いきつけにしていたバーで真壁に出会った。

「ほら、真壁さんってゲイでしょ。オレ、売り専の店で働いてて、店の近くのバーで会ったんだよ」

「売り専の店って……おまえ、男相手に体売ってたのか？」

一瞬眉根を寄せた黒田に、湊は小さく頷いた。

「もう十年くらい前だけどね。ウチってすっごい貧乏でさ。ホント、金がなかったんだ。母さんとオレと二人だったんだけど、毎日食っていくので精いっぱい。まあ、いろいろあって家飛び出して、おっさん相手に体売ってたんだ」

それくらいしか生きる術《すべ》がなかったと言い、湊は複雑な顔の黒田に笑みを向けた。

「そりゃ嫌なこともいっぱいあったけど、でも、後悔はしてないよ」

「湊――」

「あの店にいなかったら、オレ、真壁さんに出会えなかったからね」

元証券マンだった真壁は、自分の体以外に何も持っていなかった湊に頭を使って金を作る方法を教えてくれた。こんな生活を続けていてはいけないと、体を売らずに生きていく術を惜しむことなく与えてくれたのだ。

「オレさぁ、十六の時に家を出てからずっとウリやって生きてきたんだけど、真壁さんと知り合ったおかげでそんなことしなくてもよくなったんだよね」

金があれば何とかなると真壁が口癖のように言っていたが、その言葉を湊は今も信じている。

「オレ、真壁さんに助けられたんだよ。いい人だなって思った。いい男だなって。で、好きになったんだよね、真壁さんのこと」

薄くなってきた酒をくっとあおり、湊はグラスをコースターに置いた。

「真壁さんにならお金抜きで抱かれてもいいって本気で思ってたのに、最初はぜんぜん誘ってくれなくてさぁ。オレみたいなのはタイプじゃなかったみたいで、オレの目の前でガタイのいい男ばっかり誘うんだよ。真壁さん、黒田さんみたいな男がタイプなんでしょ？」

「俺に聞くな、俺に……」

「何で？　真壁さんと黒田さんって恋人同士だったんでしょ？」

言ったとたん、黒田がぶっと酒を噴き出した。

「お、おまえなっ、冗談でもそういうこと言ってんじゃねえぞっ」

「違うの？　オレ、てっきり黒田さんって真壁さんの恋人だと思ってたんだけど」

「馬鹿野郎っ！　んなわけねぇだろっ。あいつはただのダチだ、ダチっ！」

なぜか慌てる黒田に疑いの眼差しを向け、湊は自分のグラスへ勝手に酒を注いだ。

「ま、黒田さんと真壁さんがセックスしててもオレは別に何とも思わないから安心してよ」

「それってどんな安心だよ……」

げんなりと肩を落とし、黒田がグラスを持ってカウンターを出てくる。湊の隣に腰を下ろした黒田は、氷を入れるのも面倒くさいのだろう、ロンググラスに湊と同じ酒を注いだ。

「言っとくけどあいつとは寝てないからな。俺はあんなでかい野郎と寝る趣味はねぇんだよ」

「『あいつとは』？　じゃあ真壁さん以外の男とは寝たんだ？」

「おまえは何でそう揚げ足ばっかり取るかな……」

「黒田さん、『でかい野郎』じゃなかったら寝てもいいって思ってるんだ？」

「だから、そうじゃなくてだなっ……」

「じゃあ、オレは？」

言ったとたん黒田が黙り込んだ。困惑した眼差しを向けられ、次の言葉が出なくなる。そこはいつものように馬鹿野郎と笑って流してもらわなければ、冗談だと言ぇなくなるではないか。

「あ、あのさ、黒田さんって今は恋人いるの？　えっと、男じゃなくて女の方」

はぐらかすように尋ねると「いねぇな」とそっけなく返された。

「借金まみれの四十前の男にどこの女が寄ってくるってんだ」

「そんなことないと思うよ。この店に来る女の人ってほとんど黒田さん目当てじゃん。お金持ってそうな美人ばっかりだし一人くらい食っちゃえばいいのに」

「B級どころかC級グルメなんだよ、俺は。フレンチのフルコースなんか食ったら腹を壊す」

言い得て妙な例えにぷっと吹き出すと、黒田も釣られるようにして笑った。

「でも黒田さんっていい体してるしさ。ちょい悪系だけど顔も悪くないからモテると思うんだけどな。セックスだって上手《うま》そうだし」

「そっちはもう涸れてんだよ。そんな気力も体力もねぇよ」

うんざりした口調でそう言い、黒田が酒を一気に飲み干す。アルコール度数が四十度近くある酒なのに、喉が焼けないのだろうか。そう思いつつ黒田に目を向ける。とたん、また雄の欲情が湧き出した。

店の薄明かりの中で見る黒田は、繁華街で見た時よりもずっと男っぽく、そして艶っぽく見えた。グラスを包み込んでいるごつごつと骨ばった手につい目が奪われる。

さっき、この手を想像しながら自慰をした。自分の手を黒田の手だと思いながら、性器を激しく擦って絶頂した。

今、黒田が包み込んでいるのがグラスではなく自分の性器だったならば――。

そう思ったとたんずくっと腹の奥が疼き、慌てて黒田の手から目を逸らした。

大柄なせいか、隣に座っていると酒を飲む黒田の腕が時々体に当たる。伝わってくる体温にさえ欲情する自分に呆れがこみ上げた。

「なあ、湊」

「な……、何?」

「おまえ、いつまでそんなあくどい金貸しなんかやってるつもりなんだ?」

またもや唐突に尋ねられ返答に窮《きゅう》した。

生きていくために金貸しを始めた。

カモにされるだけの人生から這い上がるために体を売り、金を作り、そしてその金を貸す。最初はバーなどで出会った学生や会社員たちに数千円、数万円という金を回すだけだった。それでも金は少しずつ増えていく。そんな中で真壁と出会い、貸金以外で金を生み出す方法を教わった。

これでもう金がない辛さや惨めさを味わうことはなくなるのだ。体を売ることも金を貸すこともやめた湊は、真壁に教わりながら毎日株価や為替とにらめっこをした。

秒単位、分単位で金をあちこちに動かす。パソコンのキーを叩くたびに金は魔法のように増えた。それを真壁と二人で笑い合いながら眺める。この幸せはずっと続くのだと信じて疑わなかった。

なのに——。

真壁は暴力団の抗争に巻き込まれ、あっけなく命を落とした。麻布界隈の裏カジノを仕切っていた室藤に目をつけられたのはその直後だ。

おそらくそれが運の尽きだったのだろう。今は室藤組の後ろ盾の下で金貸しをしている。株や為替で得た金も室藤に全て吸い上げられた。今の自分は、室藤のカモでしかない。どれだけ辞めたいと思っても、室藤から逃げることができないのだ。

「辞めたくても辞められないんだよね……」

ぽつりと呟くと、黒田が首を傾げた。

「どうして？」

「オレ、室藤組に見張られてるから。逃げたら今度こそ殺される」

「殺される？　殺されるってどういうことだ？」

問い返した黒田に湊は曖昧な笑みを向けた。脳裏に浮かんだのは、嗜虐《しぎゃく》の愉悦《ゆえつ》で唇を歪めた室藤の顔だった。

「前に一回逃げようとしたことがあるんだよ。金貸しなんかもう辞めたいって言ったんだ。そしたらさ、輪姦《まわ》された」

「輪姦されたって……おまえ……」

「だから、レイプされたんだよ、オレ」

女たちを風俗店に沈め、男たちを過酷な作業現場に送る。絶望の二文字を目に宿して連れていかれる者たちには正直何の感慨も湧かなかった。その気持ちは今も同じだ。

身の丈に合った生活をすればいいものを、わずかな見栄を張りたいがために金を借りる。そんな理由で堕ちていく者など自業自得だ。そう思いながらも、彼らを見ていると自分の心がどんどん闇に堕ちていく気がした。真壁が今の自分の姿を見たら何と言うだろうか。

これ以上こんな世界にいてはいけない。そう思った湊は、足を洗いたいと室藤に願い出た。株も為替も全て渡す。何も要らないから自由にしてくれと言った。だが、湊に与えられたのは自由ではなく凄惨《せいさん》なリンチだった。

「素っ裸にされてさ、五人くらいに寄ってたかってまる一日輪姦されたんだ」

手足を縛られ、殴られながら男たちに犯された。休むこともできず、気を失えばより過酷な責めを与えられる。快楽など何もない。強要されたのは、自分がただの孔だと思い知らされるような暴力的なセックスだった。

「まあ、ウリやってたから男とセックスするのは慣れてたんだけどさ。さすがにあの時は殺されるかと思った」

笑ったつもりだったが、あまり笑顔になっていなかったらしい。黒田の表情がそれを物語っている。

「そんな顔しなくてもいいよ。人間て案外頑丈にできてるからさ。相当酷いことされたけど、体も別に何ともなかったし」

「湊――」

「オレさ、室藤さんのカモなんだよ。室藤組って池の中で飼われてるカモ。オレはあの池から逃げられないんだよ」

ふっとため息を零し、ボトルを手に取った。グラスに酒を注ぎそれを口にする。一瞬かっと喉が焼けたが、かまわずそのまま飲み下した。

「株と為替でも金稼がされてんだよ。オレが逃げられないように室藤組が仲介してる金主からの資金で金貸しやらされてさ。それが『ポートファイナンス』。金主と室藤さんに払う利息が月に一割五分で、ノルマもあるわけ。ま、利息もノルマも大したことないんだけど、それ以外がね――」

「それ以外って、他に何か要求されてんのか？」

「利息を持ってった時にね、室藤さんに口でさせられるんだよ。あの人、ゲイじゃないらしいんだけど、毎回でさぁ」

利息よりも室藤への奉仕がきつく感じた。ウリ専で働いていた時にも同じことをしていたのに、室藤への恐怖心と嫌悪感から来るものなのか、あのマンションの前に立つだけで足がすくんでしまう。

「逃げたら今度こそ殺されると思うんだよね、オレ。たぶんめっちゃくちゃに犯されて、嬲り殺しにされると思う。それがヤクザだもんね」

ヤクザという言葉に黒田がわずかに反応したように見えた。それもそうだ。黒田も真壁という友人をヤクザの抗争の巻き添えで失っている。きっと自分と同じくらいかそれ以上にヤクザという存在を憎んでいるに違いない。

「ねえ、黒田さん」

「ああ?」

「オレのこと、助けてくれないかな」

思わず口にしてしまった自分の言葉に驚き、湊は顔を上げた。そこに見えたのは、困惑しきった黒田の顔だった。

「湊、おまえ――」

黒田が何かを言いかける。だがそれを遮るように湊はくっと喉を鳴らして笑った。

「ごめん、ごめん。今の冗談。忘れていいよ」

助けてほしいと思う気持ちは無きにしも非《あら》ずだが、いくらガタイがよくて強面とはいえヤクザを相手に堅気の黒田に何かできるはずもない。

「あーあ、嫌になってくるなぁ、いろいろと――」

そのままカウンターに突っ伏すと、黒田が肩に手を掛けてきた。布越しに伝わる手の温かさが、室藤の暴力ですさみきっている心を少しばかり軽くする。

「おい、ここで寝たら転がり落ちるぞ」

危ないからソファに移動しろと言われ立ち上がった。そんなに飲んだつもりはなかったのに、くらりと目が回った。どうやら最後にロックをあおったのがよくなかったらしい。足元をふらつかせたとたん、黒田に抱き留められた。

「しっかりしろよ」

ぼんやりと見上げた先に黒田の顔があった。そのまま胸に頬を押し付けると、甘い香りがした。バニラに似たこの匂いは、黒田の匂いだ。

ふいに浮かんだ記憶に湊は首を傾げた。

あれは真壁の葬儀の時だ。

真壁の突然の死に、頭の中が真っ白だった。泣きたいのに、涙ひとつ出てこなかった。

葬儀場には人がたくさんいたような気がするが、誰一人として顔を覚えていない。声さえも聞こえなかった。記憶にあるのは、白い棺の中で眠っている真壁の顔だけだ。

ぼんやりと棺の前に立っていた時、焼香以外の匂いがした。

自分のすぐ真後ろに立っていた黒い礼服姿の男。顔は全く覚えていないが、その男から今の黒田と同じ甘い香りがしていたような気がする。

「黒田さんさぁ、前にオレとどこかで会ったことない？」

「ああ？」

「何か記憶にあるんだよね、この匂い――」

問いに黒田は何も答えない。そのまま奥のボックス席へと引きずられ、ソファに座らされた。

体を起こしているのも億劫《おっくう》で、そのままソファにどっと背をもたれさせる。やはり酒が回ってきているのだろう。頭がかなりぼんやりする。目を閉じると、自分の鼓動がやけに大きく聞こえた。

「大丈夫か、おまえ」

「うーん……ちょっと酔ったかな」

「弱いくせにがぶ飲みするからだ」

一旦カウンターの中に戻った黒田が、グラスに氷の入った水を入れて戻ってきた。

「ほら、水だ。飲んどけ。アルコールもちょっとは薄まるだろう」

グラスを差し出しながら、黒田が隣に腰を下ろす。

グラスを受け取った際、黒田の手が指に触れた。氷を触っていたからなのか、黒田の手がひやりと冷たい。もう少し触れていたかったなと思いつつ、グラスに口をつけた。

喉に流れていく冷たい水が心地いい。それを一気に飲み干し、湊はグラスをテーブルに置いた。

「さすがにロックだときついなぁ。黒田さん、よくあんなのストレートで飲んでるね」

「おまえ、あんまり酒に強くないんだろうが。無理して飲むな」

「黒田さんがクソまずいハイボール作るからだよ……」

あの炭酸が抜けきったハイボールを飲むくらいなら、無理をしてでもロックで飲んだ方がましというものだ。

「本気でバーテンダーの講習会に行った方がいいって。ていうか、行けよ」

思わず命令口調で言いソファに寝転がる。だが、三秒と経たず湊は再びむっくりと体を起こした。

「思い出した。今日返済日」

「ああ?」

眉根を寄せた黒田に向かって手を差し出す。

「二百万と利息の二十万」

「って……おまえ、今か?」

「今じゃなきゃいつ払うんだよ。またジャンプ？　それとも体で返す?」

体でという言葉に黒田がしかめっ面で身構えた。

「ゲイビならお断りだぞ」

そういえば十日前に黒田にそんなことを言った。あのビデオは無事に男優が見つかって撮影が終わったらしい。かなり過酷な責めだったらしく、その男優の尻の孔と性器がどうなったのかさすがに聞かなかった。

「ゲイビの撮影はもう終わったよ」

「じゃあ体でってのは――」

「オレとセックスするってこと」

言ったとたん黒田が眉間に深い皺を刻ませた。

「おまえ、まだそんなつまんねぇこと言ってんのか。冗談もたいがいにしろよ」

困惑した黒田の顔を見ていると何やら気分が高揚した。黒田の言う通り軽い冗談のつもりだったが、もう少しだけからかってみたい気持ちにさせられる。

「金返せないんだったら、オレが黒田さんを一時間二万円で買ってあげるって前から言ってるじゃん。そっちの方が楽でしょ」

にやりと笑い黒田に手を伸ばした。シャツの襟を強引に掴むと、黒田が慌ててそれを振り払う。

「何で逃げんの？　オレ、うまいよ？」

「冗談ばっかり言ってんじゃねぇぞ」

「冗談なんかじゃないよ」

「湊――」

「ねえ、オレを抱きたい？　それとも抱かれたい？　オレ、どっちでもいけるよ？」

言いながら再び黒田の胸倉を摑み上げた。息がかかるほど顔を近づけ、黒田を見つめる。

「どうせお金ないんでしょ？　だったら今すぐ体で払えばいいじゃん。オレを二回イかせられたら今回の利息分、チャラにしてやるよ」

「おまえ、酔ってんのか？」

「酔ってるよ。酔ってたら何？　オレとセックスして一晩二十万だよ？　高級娼婦並みだと思わない？」

「馬鹿野郎。何が高級娼婦だ。つまんねぇこと言うなら帰れ」

黒田がうんざりした面持ちで立ち上がろうとする。だが、湊はその手を力いっぱい摑み上げた。驚く黒田の手を強く引き、無理やりソファに押し倒す。

「湊！」

慌てて起きようとした体の上に乗り上がり、膝で足を開かせた。そのまま膝頭で股間を押し上げると、黒田が眉間の皺を深くする。

黒田が逃げようとすればするほど気持ちが昂《たかぶ》った。最初は冗談のつもりだったのに、どんどん冗談ではなくなってきているのが自分でもわかる。

「オレに買われなよ、黒田さん。気持ちよくさせてやるからさ」

「いいかげんにしろよ、湊。冗談ぶっこいてないで――」

「さっきから言ってるじゃん。冗談なんかじゃないよ」

そのまま股間に手を滑らせると、黒田が息を呑んだ。驚愕《きょうがく》の眼差しを向けられたが、それを無視してジッパーを下ろす。目に飛び込んできたのは、ネイビーのボクサーブリーフだった。黒田らしい飾りけのないそれが、性器の形をくっきりと浮かび上がらせている。その膨らみを目にしたとたん、体が一気に熱くなった。

「黒田さんだってこんなにオレのこと欲しがってるじゃないか」

滾《たぎ》る気持ちを必死で抑えながら黒田のベルトを外した。前をくつろげ、下着の上から性器を手で包み込む。

「湊っ！　馬鹿野郎、やめろ！」

黒田の焦《あせ》る声すら媚薬となってますます体を熱くさせた。ぞわりと這い上がってきた欲情に、理性など簡単に吹き飛んでいく。性器をぐっと握りしめると、黒田が唇を噛みしめた。

痛みを感じるほど強く握ってはいない。ならば不快なのかと思ったが、そうでもなさそうだった。事実、黒田の性器はゆっくりと形を変えようとしている。

「じっとしててよ、黒田さん。気持ちよくしてあげるからさ」

布の上から指を滑らせると弾力のある肉茎の感触が指に伝わり、気持ちがいっそう滾った。

黒田は拒絶の言葉を口にしたが、男の体は単純だ。その気がなくても敏感な部分を刺激してやれば簡単に勃起する。案の定、先端を撫でるように擦ると黒田がくぐもった声を漏らした。その声に呼応するように、布の中で性器がびくんと震える。

「硬くなってきたよ」

全身で黒田を押さえ込みながら、布越しに性器を愛撫した。指の動きに反応して少しずつ硬度を増していく肉茎。指や掌《てのひら》にその大きさを感じた瞬間、我慢も限界とばかりに下着の中に手を突っ込んだ。

「う……くっ……」

直接の刺激に黒田がこらえきれずに声を漏らす。硬くなったものが手の中でぐんと反り、湊は目を細めた。想像していた以上に太くたくましい竿が布にくっきりと浮かび上がっている。我慢しきれずそのまま下着をずらすと、雄の楔《くさび》が弾け出した。竿部分だけではなく、やや大きめの袋までもが硬くなっている。

「黒田さんのってすごく大きいんだ……」

言いながら弾力のある先端を掌で包み込んでくるりと撫でた。とたん、太い竿がびくんと腹に向かって跳ね上がる。

「湊、やめ――」

「やめない。やめるわけないじゃん」

「馬鹿野郎……、どけって言って……、うっ……あっ」

「ここ、すごく硬くなってるよ、黒田さん」

黒田の低い吐息に煽られ、体がどんどん熱くなった。腹の奥から湧き上がる熱の正体は、黒田に対する欲望だ。これが欲しい。これを自分の体で味わいたいと、本能が叫んでいる。

「もっと気持ちいいことしてあげるよ、黒田さん――」

性器への愛撫を繰り返しても黒田の激しい抵抗はない。それを肯定と受け取った湊は、体を下にずらすと、わざと音を立てて先端を口に含んだ。

「湊っ」

慌てる黒田を完全に無視し、口腔に亀頭を収める。とたん、鼻腔に雄の匂いが抜けた。

「ん……ん……」

口を大きく開いて亀頭を喉の奥へ招き入れていく。唇を窄めて頭を引いた湊は、舌を使ってカリや裏筋をじっくりと舐《な》め上げた。唇で根元を締め付けると、血管を浮かせた竿全体が口の中でびくびくと震え始める。

「み……湊……」

やはり黒田の抵抗はなかった。それどころか、湊の名を呼ぶ声が少しずつ甘く掠《かす》れていく。自分の愛撫で黒田が感じているのだと思うと、気持ちが一気に昂った。

「ここ……気持ちいいでしょ」

言いながら裏筋に舌を這わせ、そこをちゅっと吸い上げる。新たな刺激で先走りを滲ませ始めた屹立が、より硬くなり腹に付くほど大きく反り返った。

「もっと感じてよ、黒田さん……」

肉茎を手で包み込みながら唇を押し付ける。竿全体を唇でじっくり愛撫していると、黒田が髪に指を絡ませてきた。もっとだと言わんばかりに頭に手を置き、喉の奥を犯すように腰を揺らす。

「ん……んっ……、う……」

口の中を蹂躙《じゅうりん》していく亀頭の大きさに、涙が浮かんだ。だが、それよりも黒田を味わっているという悦《よろこ》びが勝った。息苦しさを感じたものの、かまわず亀頭に吸い付く。滲み出す先走りの露は、まるで甘い蜜のようだった。

激しい口淫にも黒田は抵抗しなかった。むしろ、深い快感を追い求めるように腰を揺らしている。その様子を見上げながら、湊は大きな肉の楔を再び喉の奥まで呑み込んだ。

自分の愛撫で黒田のものが勃起している。あの黒田が唇を震わせて快感を追っている。その表情を見ているだけで体が熱くなり、股間のものが硬くなった。

「黒田……さ……ん……、う……ぅ……、ん……」

今にも射精してしまいそうな激しい劣情に耐えながら、湊は黒田のものを口で愛撫した。震える肉茎を咥え、竿全体に舌を絡ませる。唇を窄めて頭を動かすと、ずちゅずちゅっと湿った音がした。まるで耳を犯すような淫らな音。それが聞こえるたびに、自分の性器がズボンの中でますます大きくなっていく。

していることは室藤に強要されている行為と同じだった。なのに、興奮の度合が全く違う。全身が総毛立つようなこの快感に、思考がどんどん鈍っていった。

「黒……田……さん……、すごいよ……」

見え隠れする太い竿が唾液で濡れて何とも言えない色に光っている。それが湊をより欲望の淵《ふち》へと駆り立てた。

激しい口淫による愛撫をこらえきれないのか、黒田が時折掠れた喘ぎを漏らす。艶っぽいその声に煽られ、湊の性器がズボンの中で完全に勃ち上がった。

「もうオレ……、我慢できないよ……」

濡れた音を立てながら黒田のものにしゃぶりつき、自分のズボンのジッパーを下ろす。勃起してしまった性器を引き出した湊は、自身の竿を握る手を激しく上下させた。

「う……ぅ……、あ……あっ……は……」

亀頭を指で辿ると、とろりと溢れる露で指先が濡れる。それを掬い取りながら、鈴口や裏筋を激しく擦った。

「あ……ぁ……、いい……気持ちいい……」

硬く変化した自分の肉茎を愛撫しながら、黒田の亀頭を唇で挟む。鈴口やカリを舌で舐め回すと、硬い竿がまたびくんと跳ね上がった。奉仕しているようなものなのに、この行為にわけもなく気持ちが昂っていく。

「黒田さん……、すごいよ、すごく硬くなってる……」

「やばい……、どけ、湊……」

「嘘ばっかり……やめたら……辛いくせに……」

亀頭に吸い付き欲望の露を舐め取る。同時に、露をしたたらせる自分の竿も擦り上げた。

限界を感じているのか、黒田の肉茎が震えているのが手や口にダイレクトに伝わってきた。湧き上がる征服欲にも似た感情。浅ましいまでの自分の欲望に翻弄されながら、湊は黒田の性器にむしゃぶりついた。

「すごい……黒田さん……すごいよ……」

鈴口を舌先でこじ開けると、楔が口の中で跳ね上がった。唇にあたる肉茎が解放を求めてびくびくと震えている。

「み……湊っ……、どけっ。出ちまう――」

きゅっと玉がせり上がったと思った瞬間、口腔で黒田が爆《は》ぜた。白濁がぶちまけられ、濃い雄の匂いが口の中いっぱいに広がる。あれほど嫌悪していた雄の匂いが、なぜか濃厚な媚薬となって思考を痺《しび》れさせた。

これがもっと欲しい――。

欲望のまま、竿の中に残っている精液を全て搾るように、湊は露を零す亀頭を吸い上げた。達したばかりの敏感な場所を愛撫されたせいで、黒田の太腿《ふともも》が痙攣《けいれん》する。

「う……ぉ……」

喉をのけぞらせ、黒田がくぐもった声を上げた。男っぽいその喘《あえ》ぎ声に煽られ、射精感が一気にこみ上げてくる。口の中に溜まっていた白濁を飲み干した湊は、黒田の股間に顔を埋めた。硬度を保ったままの肉茎に唇を押し付け、まだ滲み出している残りの白濁をぺろりと舐め取る。先ほど飲み下したものと同様に、それは濃い雄の味がした。

「黒田さんの……すごく濃いよ……」

黒田を煽ったつもりが、自分の声に自分が煽られた。性器が絶頂の瞬間を求めて痛いくらい勃起していく。これ以上我慢するのは無理だった。硬く反った竿を擦る手を激しく上下させ、解放を促す。その時はほどなく訪れた。

「イく……イきそ……、オレも……イきそうだよ……黒田さんっ……」

声に出したとたん、快楽の熱がせり上がった。細い精路を擦りながら精液が勢いよく迸る。あまりの気持ちよさに全身が総毛立ち、内腿がびくびくと震えた。

「あ……あっ……は……、ぁ……」

上がる息を整えながら、黒田の腹の上に突っ伏す。ただ自慰で射精をしただけなのに、腰から下が砕けてしまいそうだった。

黒田が自分の愛撫で喘ぎ、絶頂し、精液を迸らせた。それを見ながら自分自身も射精した。黒田を完全に征服した心地だった。

「ヤバイよ……黒田さん……、気持ちよすぎる……」

手に絡みついている自分の精液を眺めていた湊は、それにそっと舌を這わせた。口腔に残っている黒田の精液と自分自身の精液が口の中で混ざり合う。その何とも言いがたい背徳感に気持ちがいっそう高揚した。

「黒田さん……」

顔を上げると、困惑気味の黒田の表情にぶち当たった。首に浮かぶ汗を吸い込んだ濃いグレーのシャツが、より深い色に染まっている。

「オレのフェラ、気持ちよかったでしょ」

わざと煽るように尋ねると、黒田が意味深なため息をついた。

「この……馬鹿野郎が……」

鬱陶しげに睨まれたが、その目に怒りは見えない。あるのはただ困惑の色だけだ。

「ねえ、続きしようよ、黒田さん……」

笑いながら黒田の腹に跨《また》がる。尻に当たったのは、まだ硬いままの黒田の性器だった。たった今果てたばかりなのに、これが欲しいと腹の中が疼き始める。

終わることを忘れたかのような自分の欲望に呆れつつ、湊は黒田に唇を寄せた。

口の中に黒田と自分の精液の味が残っていたが、かまわず唇を合わせる。強引に唇を開かせ舌を差し込むと、黒田が眉間に深い皺を刻ませた。

「黒田……さん……」

黒田の頭を掻き抱くように両手で押さえ、口蓋《こうがい》を舌でなぞっていく。拒絶されるかと思っていたが、なぜか黒田がそれに応えてきた。

背を抱いた黒田が、舌に舌を絡ませてくる。口蓋を、そして歯列をなぞったそれが、また舌に絡みついた。痛いくらい舌の根を吸い上げられ、体の芯がかっと熱くなる。まるで腹の奥に火を放たれたようだった。

「んっ……ぅ……、う……」

互いの精液が混じり合う口の中を、黒田の舌が撫でていく。口の粘膜もまた性感帯なのだと思い知らされるような深い口づけに、全身が歓喜に打ち震えた。

欲しい。黒田が欲しい――。

欲望という名の炎が、あっという間に体に燃え広がっていく。それは黒田も同じなのだろう。達したばかりの性器がまた硬くなろうとしていた。

「黒田さん……このままシてよ……オレ、黒田さんとしたい……」

唇を啄《ついば》みつつ黒田を誘った。このまま黒田に抱かれたいと思った。この大きな性器で体の中を満たしてほしい。きっと黒田もそれを望んでいるはずだ。でなければ、こんな官能的な口づけをしてくるわけがない。

「黒田さん……」

濃いグレーのシャツに手を掛けボタンを外す。ひとつ、またひとつ。だが、みっつ目のボタンを外そうとした時、黒田に手を摑まれた。

「だめだ、湊」

「え……？」

「だめだっつってんだ」

言いながら黒田がのっそりと体を起こす。腹に跨がっていた湊を押しのけて立ち上がり、黒田はズボンのジッパーを上げた。

唐突な拒絶に湊は戸惑った。ほんの今まで濃厚に舌を絡ませる口づけをしていたではないか。性器だって勃起しようとしてた。なのに、どうして今さら拒絶したりするのだろうか。

「何だよ、いきなり」

「やめだ、やめ」

「やめるって……何で？」

「もう勃たねぇ」

「勃たないって……」

嘘をつくなと黒田を睨み上げた。口づけをしながら黒田の性器は再び硬くなっていた。今もだ。ズボンの前が大きく膨らんでいる。

「勃ってるじゃん。まだできるだろ」

「挿《い》れても中折れして役に立たねぇよ」

言いながら黒田がとっとと身づくろいを始める。滾ったままの体をいきなり放り出され、湊は茫然とした。次に湧き出してきたのは怒りだった。

期待を持たせるだけ持たせておいて、熱くなったとたんに放り出す。この仕打ちはいったい何なのだ。

黒田は自分をからかっただけだったのだろうか。自問してみたが答えは出ない。

ふつふつと沸き出す怒りで、せっかく硬くなろうとしていた性器が一気に萎えた。頭に血が上り、思わず黒田をきっと睨み上げる。

「あのさ、利息分、体で払うんだろ。こんなのじゃ二十万になんないんだよ。ふざけてんのかよ。勃たないいんだったら輪ゴムで縛り上げて勃たせりゃいいだろ。何ならオレが縛ってやるよ」

「冗談言ってんじゃねぇぞ。勃たねぇし、もう空気も出ねぇよ」

「出せよ。まだ出るだろ。腹ン中空《から》になるまで搾り取ってやるよ！」

怒りに任せて手を伸ばすと、その手を再び摑まれた。強い力で手首を握りしめられ、関節がぎしぎしと悲鳴を上げる。

「いっ……」

「勃たねぇっつったら勃たねぇんだよ。おっさんに無茶させんな」

「はあ？　今さら何おっさんぶってんだよ。つか、手、離せよっ。痛いんだよっ」

困ったようにため息をつきつつ黒田が手を離す。手首にくっきりと残った赤い痕《あと》に眉根を寄せ、湊は黒田を睨みつけた。

「金、ないんだろ？　二十万でオレに一晩買われるんだろ？　だったら最後までちゃんと楽しませろよ」

「持っていけよ、二十万」

ふいにそう言った黒田がズボンの尻ポケットから長財布を出した。少しくたびれて歪んだ財布から一万円札を十枚束ねたズクをふたつ引き抜く。

「利息分だ」

「何だよ……持ってんのかよ……」

金を受け取りつつも複雑な気持ちになった。これを受け取ってしまえば、黒田は自分のものにはならない。今夜、黒田を買うことができなくなってしまうのだ。

「今日は手持ちがこれしかねぇけど、十日後に残りを全額払う」

「全額って……」

「ああ、おまえに借りてる二百万と利息の二十万、全額だ。それで借金はチャラになるだろう」

それは拒絶の言葉だった。おまえとはこれ以上の関係になるつもりはない。おそらく黒田はそう言っている。

「なるほどね……そういうことなんだ……」

「湊？」

「室藤さんに犯られてるオレに同情しただけってやつ？　かわいそうだからちょっとだけ慰めて

やろうって思ってくれたわけだ」

理由がわかったとたん、笑いがこみ上げた。

湧き出すこの感情は怒りなのだろうか。それとも悲しみなのだろうか。胸の奥が刃物で切り裂かれたように痛い。

「オレをからかって楽しかった？　節操のないオカマ野郎がフェラしながらチンコ勃たせてんの見て楽しかった？」

「湊、そんなんじゃねぇぞ。俺はな――」

「言い訳なんかしなくていいよ。楽しいもんね、そういうの。室藤さんもそう言ってたよ。オレは男のチンコをしゃぶってるのが一番似合ってるんだってさ。何だったら今度もっとすごいの見せてやるよ。尻の孔にバイブ突っ込んでイくところとか、潮噴くまでオナニーしてるところとか、そういうの全部見せてやるよ」

言いながら黒田に笑みを向けた。その笑みで感情を覆い隠しながら、自分の心を自分の言葉でずたずたに切り裂いていく。こうでもしなければ、悔しさで涙が溢れ出しそうだった。

身づくろいをした湊は、十万円のズクをふたつズボンのポケットに捻じ込み、床に置きっぱなしにしていたデイパックを肩に担いだ。今日はバッグの中に金はほとんど入っていない。なのに、それがいつもよりずっしりと重く感じた。

「これ、さっきの酒の代金」

財布から一万円を抜き、カウンターに置く。無言で立ち尽くす黒田から目を逸らした湊は、スチールのドアを開けた。

「ゲイでもないのにオカマのオレに咥えさせてくれてありがとう、優しい黒田さん」

ドアが閉まる寸前に黒田が何か言ったような気がする。だが言葉など湊の耳には何も届いてこなかった。

＊＊＊

店を出て坂を下ると、深夜にもかかわらず麻布十番大通りには人が溢れかえっていた。歩道にたむろする若者や会社員たち、そこかしこに置かれた看板や違法駐輪の自転車。それらをよけながら通りを抜ける。首都高速の高架下をくぐり、湊はアパートがある狸穴町方面に向かった。

夜風はひやりとしていたが、体は中途半端に火照ったままだった。口の中にはまだ黒田の匂いが残っている。不快感はなかった。むしろ、鼻腔を抜けるそれに、せっかく収まっている欲情を掻き立てられた。

どれだけ誘おうとも黒田は抱いてくれないだろう。黒田も真壁と同じくゲイかもしれないと少しばかり期待したが、どうやらそうではないらしい。さっき勃起していたのは、脳が興奮したからではなく、性器への刺激という物理的なものからだ。口淫ならば男で処理してもかまわないが、セックスをするとなると話は別なのだろう。

「じゃあ何でキスするんだよ……」

男を抱けないなら口づけに応えなければよかったのだ。あのまま拒絶してくれればよかったのだ。そうすれば、こんな気持ちにならなくて済んだのに――。

「何でだよ……」

黒田の口づけを受けながらあのまま抱かれたいと思った。室藤との嫌な記憶を上書きしてしまいたい気持ちもあったが、単純に黒田が欲しかったのだ。

父親という存在を知らないからなのかどうかわからないが、昔から体の大きな大人の男の側にいるのが好きだった。たとえそれが自分を弄《もてあそ》ぶために近づいてきているとわかっていてもだ。

真壁のことが好きになったのもおそらくこれが理由だろう。そして、知らないうちに黒田にも同じことを求めていたのかもしれない。黒田がそれに応えてくれることなどないというのに。

「馬鹿だよな、オレ――」

この世に金で買えないものなど何もないと信じて生きてきた。

愛は金で買えないなんて嘘だ。愛だって金で買える。逆に言えば、金がなければ愛してさえもらえないのだ。

愛で腹は膨れない。愛で生活はできない。そんなものは金を持っている者たちの戯言《たわごと》だ。

金を持たない者は愛を金に換える。だから黒田から愛を買おうとした。金をちらつかせれば、愛してしてもらえると思っていた。愛してもらえるつもりでいた。けれど、そうではなかったらしい。

「売ってくれないんだもんな……」

ぽつりと呟き、湊は喉を鳴らして笑った。

どれだけ欲しいと思っても、売ってもらえなければ買うことができない。いくら金を積もうとも、黒田から愛を買うことはできないのだ。

黒田の愛の値段はいくらなのだろうか。どうすれば黒田はそれを売ってくれるだろうか。

漠然とそう思い、肩を落とした。そんな埒《らち》もないことを考えている自分に嫌気がさす。

あと十日だ。十日後に黒田は元金と利息をまとめて返すと言った。黒田との関係はそれで終わる。愛を買うどころか、十日経てば黒田とは全くの他人になるのだ。

「もともと他人だけどね」

自分の言葉に自嘲しつつ、小さな公園の横を歩いていく。頬に当たる夜風は、少しずつ冷たくなっていった。

5

迎えた朝は最悪だった。

パイプベッドに敷いた薄い布団からもぞもぞと這い出した湊は、トイレの横にある洗面所へと向かった。

いったい築何年が経つのか、歩くたびにみしみしと音を立てる古いアパートの一室が湊の部屋だ。六畳の畳の間と、申し訳程度にシンクが備え付けられた二畳ほどのキッチン。ベランダはなく、窓を開けて見えるのは、営業しているのかしていないのかわからないさびれたラブホテルの壁のみだ。東麻布という立地でこれだけ最悪の条件が揃っている物件も珍しいだろう。

別に建物が古かろうが部屋がボロボロだろうがかまわなかった。寝るためだけの部屋に贅沢《ぜいたく》をしようとは思わなかったし、何より子どもの頃に住んでいた小屋のようなボロアパートに比べると、ここですら豪邸に感じた。

玄関の真正面にあるドアの向こうに、トイレと洗面所と風呂がある。ビジネスホテルのようなユニットバスではなくひとつひとつが独立しているのだが、これもまた建物同様に古い。備え付けのくすんだ鏡に映っている自分の顔を眺めた湊は、げんなりと肩を落とした。

あちこち寝ぐせがついたままの髪と、目の下にある盛大な隈《くま》。皆に天使のようなともてはやされる容姿も、これでは墓場から出てきたゾンビそのものだ。

「ひでー顔……」

ぽつりと呟き、歯ブラシを手に取る。

全身がだるく、頭が重くてたまらなかった。歯を磨く振動でさえ、ずきずきと痛む頭には苦痛に感じる。原因はわかっていた。昨日の出来事が頭から離れず、ほとんど寝ていないからだ。それに加えて、滅多に飲まない濃い酒をあおったせいで完全に二日酔い状態だった。

それにしても、昨晩は自分史上で最悪な夜だったように思う。ここのところ黒田をネタに抜きすぎて疲れていたところに、飲み慣れない濃い酒を飲んで酔っ払った。挙げ句に、『ＢＬＡＣＫ ＷＡＬＬ』で実際に黒田のものを咥えながら自慰をして果てたのだ。

黒田の放った精液を歓喜に震えながら嚥下した。セックスこそしなかったが相当濃厚な夜だった。けれど、その代償はとんでもなく大きかったらしい。

「もう黒田さんには会えないな……」

ぽつりと呟き、湊は冷たい水で顔を洗った。

半ば無理やりの口淫ではあったが、黒田はほとんど抵抗しなかった。むしろ、気持ちよく果てていたように思う。その後の口づけも、甘いものだった。なのに、それ以上の行為を求めたとたん、完全に拒絶されてしまった。

やはり、からかわれただけだったのだろう。それともただの同情か――。

どちらにせよ、黒田に拒絶されたことには違いない。そう思った瞬間、頭に血が上った。ここまでしておきながらどうして最後の最後に拒むのだと、腹立たしく感じた。思わず悪態をついてしまったのだが、言った直後に後悔した。

「馬鹿だよなぁ、オレ」

後悔先に立たずとはまさにこのことだ。

あんなことをしてしまった手前、もう『BLACKWALL』には行けないと思った。いや、行きたくないというのが本音だ。

今さらどんな顔をして黒田に会えばいいのかわからない。いつも通り金を取り立てに行けばいいと思いつつも、黒田を前にするときっと平静ではいられなくなってしまうだろう。

会えばきっとまた黒田が欲しくなるに決まっている。

真壁がこの世を去って三年。一年前に出会ってからというもの黒田に少しずつ心が傾いている自分を必死で否定していたが、昨日それが無駄な努力なのだと気づかされた。黒田が欲しいと思うこの気持ちは、おそらく本物だ。

別に真壁を忘れたわけではない。ただ、真壁だけを思い続けて生きるには、自分の残りの人生はあまりに長すぎるのだ。

「ねえ、真壁さん……オレって薄情かな?」

もうこの世にいない男に向かって問いかけ、湊は洗面台に頭を突っ込んだ。勢いよく出てきた水を頭から被り髪を濡らす。

色素が薄い茶色っぽいこの髪を、真壁はきれいな色だと言ってくれた。黒田も同じことを言ってくれるだろうかと期待したが、それは叶わぬ望みなのかもしれない。

十日後、黒田は元金の二百万と利息の二十万、合わせて二百二十万円を返すと言った。それで黒田の債務はゼロになる。あと一度だ。これが終われば、もう二度と『BLACKWALL』に足を運ぶことはなくなるだろう。

「金の切れ目が縁の切れ目……って、これ、こういう時に使う言葉じゃないよな」

自嘲気味に笑い洗面所を出た湊は、部屋の奥にある押入れのふすまを開けた。下の段に段ボール箱がみっつあった。そのうちのひとつを引きずり出し、ガムテープを剝がす。中には帯封もなく無造作に輪ゴムで束ねられた札束がぎっしりと詰まっていた。

室藤に黙って作った金が約六億。これが湊の今の全財産だ。

金を貯めて室藤から逃げる。そう思いながら三年が過ぎた。結局、逃げることは叶わず、金だけがこうして増えていった。

この金を積めば、室藤から自由を買えるだろうか。そう思い、ため息をついた。それができるのなら、とっくの昔にそうしている。

百万円の束を二十取り出し、段ボール箱を押し入れに戻す。紙袋で包んだ金をデイパックに放り込んだ湊は、壁にかけたデジタル時計に目を向けた。

今日中に室藤に二千万円を届けなければならない。いつものあのマンションまでこの金を持っていく。行けば、必ず口淫を要求されるだろう。喉の奥を擦る室藤のものを思い出しただけで吐き気がこみ上げてくる。

行きたくないと思った。このまま逃げてしまえばどうなるだろうと考え、またため息をつく。逃げてもきっと捕まる。捕まれば今度こそ本当に殺されるかもしれない。殺されなくても、死んだ方がましだというような目に遭わされるだろう。

金が入ったデイパックを見つめながら、湊はすり切れた畳の上にごろりと転がった。

どこまで行っても自分はカモでしかない。

どこにも逃げられない。誰も助けてくれない。誰も護ってくれない。いつか食われるためだけに生かされているただのカモ——。

「助けてよ……」

誰でもいいから助けてくれ。ここから救い出してくれ——。

そう呟きながら、薄汚れた壁をじっと見つめる。

茶色の染みがあちこちに浮いたそれは、子どもの頃に見ていた狭いアパートの部屋の壁と同じ色をしていた。

6

西麻布方面にある室藤のマンションに着いたのは、正午前だった。

案の定、室藤は口での奉仕を要求した。覚悟していたこととはいえ、今日はそれがいつも以上に不快に感じた。こみ上げてくる嘔吐感をこらきれず、室藤の体を押し返した瞬間に殴りつけられた。

「ちゃんと咥えろ」と口を無理やりこじ開けられ、喉の奥に白濁を流し込まれる。鼻腔に抜けた精液の生臭さに涙が出た。

いつもならば二度目があるのだが、今日の室藤は一度目を放つととっとと身支度を整えた。このまま開放してもらえるとほっと息をついた瞬間、飛んできたのは鉄拳だった。

虫の居所が悪かったのか、殴られて床に転がった湊の足元に室藤は黒いアタッシュケースを投げつけた。開けろと言われて蓋を開くと、中にディルドやバイブレーターといった淫具が仰々しく収められていた。

「これ……何……？」

「見りゃわかるだろうが。それ、ケツに突っ込めよ。俺が出かけるまでにケツの孔だけで五回イけ。イけなかったらそいつをブチ込んだまま俺が帰るまで放置だ」

嗜虐の愉悦に浸る室藤の目が、これが冗談などではないことを物語っている。結局、室藤に逆らえるはずもなく、湊はディルドを使って自慰をした。足を開き、全てを室藤にさらけ出しながら後ろの窄まりに男性器の形をしたそれを深々と差し込んだ。

後ろへの刺激だけで二度射精し、三度目からは精液ではなく潮が噴き上がった。嬌声《きょうせい》を上げ、ディルドを動かすたびに潮を噴く湊を室藤が口汚く嘲《あざけ》る。やがて、床を掃除しておけと言い残して室藤は部屋を出ていった。

言われた通り自分が汚した床を拭き、シャワーで体を洗った湊はマンションを後にした。西麻布《こう》のマンションから真っ直ぐに坂を下っていくと、やがて上り坂になる。狸坂《たぬきざか》と呼ばれるやや勾配《ばい》のきつい細い坂道を上りきった湊は、そのまま目の前の坂を下った。

下りのこの坂の名は暗闇坂。その昔、細い道に覆いかぶさるように草木が生い茂っていたからこの名がつけられたらしい。確かに大きく湾曲した急勾配の坂は見通しが悪く、昔ならば追い剝ぎなどが出没しただろう。街灯も少なく、夜になると物騒なのは今も変わらない。

この物騒な坂を、湊は何度も歩いている。この坂を下ったところが『BLACKWALL』のある場所なのだ。

黒田に会わせる顔がないと思いつつも、足が自然に知った道を歩こうとする。坂を途中まで下り、大使館の前を通り過ぎたところで、湊は足を止めた。

右手の古びたビルの地下一階が『BLACKWALL』だが、黒田はきっとまだ来ていないだろう。開店時間を過ぎてものんびり寝ている黒田が、真っ昼間から店に来ているはずがないのだ。

そう思いつつ坂を下った湊は、通りに出たところで思わず立ち止まった。

『BLACKWALL』が入っているビルの前に黒い車が停まっている。確か昨日も同じ車を見た。場所は麻布十番大通りだ。そこでスーツ姿の男が黒田に向かって頭を下げていた。その時と同じ車が店の前に停まっている。

とっさに近くのビルの階段に身を潜めた湊は、その車をそっと窺《うかが》った。

まず見るからに柄の悪い男が助手席から出てきた。警戒するようにぐるりと周囲を見回したその男が、恭しく後部座席のドアを開ける。

中から出てきたのは、薄い色の眼鏡をかけた礼服姿の男だった。一瞬誰だかわからなかったが、眼鏡を外したとたん、それが黒田だと気づいた。

着ているものが違っているからなのか、黒田の雰囲気がいつもと異なって見える。店の前に立つ黒田は、遠目でもわかるほどの強い覇気《はき》をまとっていた。

「送らせて悪かったな」

眼鏡をポケットに入れた黒田が、そう言って車のドアを閉める。しかし、ドアはすぐに開き、中からもう一人男が出てきた。黒田と同じように黒の礼服を着た男は、やはり昨日見かけた男と同一人物だった。

「今日は樽崎《たるさき》の叔父貴の法要にわざわざありがとうございました」

男が昨日と同じように黒田に向かって頭を下げる。だが、それに黒田がいささかうんざりしたような目を向けた。

「中里《なかざと》、そういうのはナシだ。俺はもうそっち側じゃねぇ」

「黒田の兄さん――」

「だから、その兄さんってのもやめてくれ」

苦笑しつつ黒田が肩をすくめる。

「それにしても、樽崎の叔父貴がくたばってたなんてな。葬式にも行かずに不義理なことをしてすまん」

「いえ。近頃は警察の締め付けがきつくてあまり大仰な葬式も出せないので。葬儀も内々で済ませました」

「そうか。で、樽崎の叔父貴はいつ逝ったんだ？　まだくたばるような年でもないだろう」

そう言った黒田に中里が苦々しい顔をした。何かを言いたげな表情に、黒田が片眉を上げる。

「どうした？」

「樽崎の叔父貴が亡くなったのは一昨年の冬です。酔ってスナックビルの階段から転落してそのまま――」

「事故か？」

それに中里が無言で頷く。しかし、そこにはやはり複雑な思いが見え隠れした。

「何だ。何かあったのか？」

「事故は事故なんですが……それに室藤が絡んでるんです」

「樽崎の叔父貴が階段から落ちた時、居合わせたのは樽崎組の若頭《カシラ》の室藤と室藤の舎弟だけだったんです。警察の聴取も受けたんですが、室藤は酔った樽崎の叔父貴《おじき》が足を滑らせて階段から落ちたの一点張りで――」

「室藤が？」

樽崎の事故の目撃者は室藤と室藤の息のかかった者のみ。階段近くには監視カメラもなく、当時の状況を説明できるのはその場にいた室藤たちだけだった。結局樽崎の死は本人の不注意による事故として片づけられたが、あれは絶対に事故などではないと、中里の口調が物語っている。

「樽崎の叔父貴が死んで、樽崎組は事実上解散状態です。それに取って代わるようにして幅を利かせてきたのが若頭だった室藤だ。俺はどうも室藤が信用できません」

「おまえは室藤が自分の親を殺《や》ったと思ってるのか？」

「わかりません。ただ、ただ――」

「ただ？」

「室藤にはよくない噂があります。真壁さんを殺した義勇連合《ぎゆうれんごう》の半グレ、あれも室藤の息がかかっているという話もあります」

真壁の名を耳にしたとたん、湊の鼓動は跳ね上がった。

真壁を殺した犯人と室藤が繋《つな》がっている――？

思わず身を乗り出し、二人の話に耳をそばだてる。

「ちょっと待てよ。どうして室藤が駿一を殺す必要があるんだ？　あいつは俺のとばっちりを受けて――」

そう言った黒田に、中里が「いえ」と首を横に振った。

「とばっちりと言えばとばっちりですが、ちょっと意味が違います。室藤は真壁さんがあなたの金庫番だと知っていたんです。だからあなたの資金源を断とうとして、真壁さんを――」

「中里。その話、本当か？」

「室藤の口から直接聞いたわけではありません。ただの噂です。ですが、もし本当だったら俺は室藤にそれ相応の落とし前をつけてもらうつもりでいます。室藤は俺から――いえ、征隆会からあなたを奪ったも同然ですから」

そんな中里の言葉に、黒田が困惑気味な表情を向けた。

「あのな、中里。俺は――」

「わかっています。これは俺の勝手な気持ちですから。別にあなたに何かを望んでいるわけではありません。俺は、征隆会の会長としての責任を果たすだけです」

「すまん……おまえに何もかも押し付けることになって」

「そう思うのでしたら戻ってきていただけると俺も助かるんですが」

「馬鹿言うな。ケツ割って逃げ出した俺にどの面下げて戻れっていうんだ」

苦々しい笑みを浮かべた黒田に、中里が小さくため息をつく。やがて黒田に向かって深々と頭を下げ、中里は無言で車に乗り込んだ。

中里を乗せた黒い車が目の前を通り過ぎていく。

二人が口にした言葉を反芻《はんすう》しながら、湊は茫然とした面持ちで車を見送った。

以前見かけた時は思い出せなかったが、さっきの会話で気がついた。あの男は征隆会会長の中里龍平《りゅうへい》で間違いない。

室藤組の上部団体に当たる征隆会は、数年前から立て続けに代替わりをしたと噂で聞いたことがある。跡目を継いだのが年若い若頭だったそうだが、その男が中里なのだろうか。その中里が、黒田に敬語を使い『兄さん』と呼んでいる。これが意味することはひとつしかない。

黒田はかつて征隆会の人間だった。しかも、相当上の立場にあったということだ。

車が走り去った暗闇坂を見下ろしていた湊は、身を潜めていた場所からそっと顔を出した。『BLACKWALL』が入っているビルを窺うと、面倒くさげにネクタイを引き抜いた黒田が、伸びをしながらビルの階段を下りようとしている。しかし、何を思ったか、いきなり立ち止まった黒田は、そのままくるりと後ろを振り返った。

慌てて身を隠してみたものの、少しばかり遅かったらしい。振り返った黒田が、湊が隠れているビルの階段に向かってにやりと笑みを浮かべた。

「そんなとこに隠れてんじゃねえぞ、湊」

苦笑交じりに声をかけられ、渋々通りに出た。

目の前に黒田がいる。なのに顔を上げられなかった。いつものように正面から黒田の顔を見ることができない。昨日の件もある。だが、黒田が何者なのか知ってしまった今、黒田に対して複雑な感情が芽生えていた。

真壁は征隆会の抗争に偶然巻き込まれて殺されたと思っていた。けれど、そうではないと中里は言った。

真壁は征隆会の幹部だった黒田の金庫番だった。その黒田の資金を断つために真壁は殺されたのだと中里は言っていた。しかも、それを義勇連合に実行させたのが室藤だという。

別に黒田が直接手を下したわけではない。むしろ、黒田も友人であり有能な金庫番を殺された側だ。そうとわかっていても、心がそこに追い付かない。

もしも真壁が黒田と何の関係もなければどうだっただろうか。もしも、二人が友人でも何でもなかったならば、真壁はあんな風に殺されることなどなかったのではないだろうか。今も笑いながら自分と一緒に暮らしていたのではないだろうか。

真壁の命を直接奪った男たちはすでに法に裁かれ塀の中にいる。憎しみの対象が目の前からいなくなったことで、湊の心にはぽっかりと穴が空いた。そこに付け込んできたのが室藤だ。

黒田から真壁という金庫番を排除し、室藤はその真壁から知識を受け継いでいた湊を手に入れた。黒田の資金源がそっくりそのまま室藤にスライドしたということだ。

金のためだったのか。

室藤が組織の中でのし上がるための金。そんなくだらない金のために真壁は殺され、自分はこうして室藤のカモにされているというのか――。

どこにも持っていきようのない憎しみにも似た感情が渦巻き、湊は唇を噛みしめた。

いったい自分は誰を、何を憎めばいいのだろう。このどうしようもなくやるせない気持ちをどこにぶつければいいのだろう。

「おまえが昼間っからこんなところをうろついてるって珍しいな。集金か？」

黙っていると、昨日のことなどおくびにも出さずに黒田が尋ねてきた。

いつもと同じ口調。いつもと同じ様子。先ほど遠目に見た時とは違い、黒田はいつもの黒田だった。あの周囲を威圧するようなどす黒い覇気もきれいさっぱり消え失せている。けれど、湊の中での黒田一貴という男は、今までとは違う別のものに変わってしまっていた。

「湊？　どうした？」

訝る黒田に何でもないと首を横に振る。何を話していいのかわからなかった。口を開けば罵倒の言葉を吐き出してしまいそうになる。

黙っていると、黒田がつと手を伸ばしてきた。

「その顔どうしたんだ？　誰かに殴られたのか？」

左の頬をするりと撫でられ、慌てて後ずさる。

さっき室藤の口淫から逃れようとした際に殴りつけられた。鏡を見た時に少し赤くなっていたが、気になるほどでもないと放っておいた。どうやら黒田はそれを目ざとく見つけたらしい。

黒田に指摘されたとたん、痛みがぶり返した。頬の痛みだけではない。室藤にいいように嬲られ、ずたずたに切り裂かれた心までもが痛みだす。

「室藤か？　あいつのところに行ってたのか？」

問われて思わず黙り込んだ。無言を肯定と受け取ったのか、黒田が眉間に深い皺を刻ませる。

「……殴られただけか？」

何かを確認するような言葉が、血を流す心の傷をより深く抉《えぐ》った。室藤のところに行ってただ殴られるだけで済むはずがないではないか。わかっているなら聞くな。そう言いたい気持ちをこらえ、湊は黒田を睨み上げた。

「さっきの人、知り合い？」

「ん？　ああ……まあな……」

「あの人、征隆会の会長だよね。確か中里っていう――」

言葉を濁した黒田にそのまま畳みかけるように尋ねる。ごまかせないと思ったのか、目を泳がせた黒田は「ああ」と短い返事をした。

「黒田さん、やっぱりヤクザだったんだね。まあ、そんな気はしてたけど」

「足を洗ったんだ。今はおまえが知ってる通り、借金まみれのシケたおっさんだ」

「嘘つくなよ。じゃあ何で征隆会の会長と車に乗ってるんだよ。何で中里が黒田さんのことを『兄さん』なんて呼ぶんだよ」

「湊——」

「どうせつくんだったら、もうちょっとましな嘘つけよ」

そう吐き捨てて、また黒田を睨み上げる。

どうせ何を聞いても何も答える気などないのだろう。困ったような顔をした黒田が、小さくため息をついた。

「湊、店の中で話をしないか。顔も放っておいたら痣《あざ》になるから冷やした方が——」

そう言った黒田の手が肩に触れた。だが、湊はその手を振り払った。

「湊」

「オレに触るな。ヤクザなんかに触られたくないんだよ」

心にもない言葉を口にし、黒田から目を背ける。

ヤクザに触られたくないと思う気持ちは本当だった。真壁を死なせた組織の幹部なんかに、体のどこにも触れられたくない。なのに、それを拒絶しきれない自分がいるのだ。

黒田は真壁を死なせる原因となった征隆会の幹部だ。憎むべきヤクザだ。なのに、黒田の手がほんの少し触れただけで鼓動が高鳴る。名を呼ばれるだけで心が滾る。

二人きりでいると、きっとまた昨日と同じように黒田が欲しいと思ってしまうだろう。湊の求めに黒田が応えてくれることなどないとわかっていても、心が、体が、黒田を欲しがる。黒田が何者なのかわかった今でさえ、自分の本能の部分が、黒田一貴という男を求めて暴走しようとするのだ。

拒絶を受けて口を閉ざした黒田を見上げ、湊は言った。

「教えてよ、黒田さん。真壁さんが黒田さんの金庫番だったたって話、本当？」

違うと言ってくれ。嘘でもいいから、そんな話はでたらめだと言ってくれ。

だが、そんな湊の思いを裏切るかのように黒田が「ああ」と頷いた。

「本当だ。確かにあいつは俺の金庫番みたいなことをしていた。あいつが証券会社を辞めることになったのもそれが理由だ」

「それって、オレが真壁さんと会う前からずっとってことだよね」

「そうだな。そういうことになるだろうな」

「真壁さんもヤクザだったたってこと？」

「いや。あいつは盃《さかずき》を受けていない。だから堅気だ」

けれど、ヤクザに資金提供をしていた。ただの元証券マンのバーテンダーだとばかり思っていた真壁もまた、裏社会に身を置く人間だったのだ。

何も知らなかったのは自分だけだった。愛した男はヤクザの金庫番で、それが原因で殺された。

そして、今度は愛した男を殺したヤクザに体をいいように嬲られ金を毟り取られている。

自分はカモだ。やはりただのカモなのだ――。

そう思ったとたん、ばかばかしくて笑いがこみ上げてきた。

真壁が本当は何者なのかも知らず、二年近く一緒に暮らしていた。真壁の裏の顔に全く気づかずにだ。繁華街の通りでいきなり襲撃されて命を落とした時も、なぜ一般人の真壁がこんな目に遭わなければならないのだと心の底から憤った。そんな自分がただの間抜けに思えてくる。

「オレ……馬鹿みたいだ……」

くっと喉を鳴らして湊は笑った。本当は泣きたいのに、一度漏れ出した笑いが止まらない。

声を殺すようにして笑っていると、黒田に腕を摑まれた。引き寄せられた手を再び振り払い、黒田を睨みつける。

「黒田さん、最初から知ってたんだよね、オレと真壁さんの関係。オレと初めて会った時だって、本当は気づいてたんだ？　オレが真壁さんと付き合ってたって、そういうことも全部知っててずっと知らないふりしてたんだ？」

「湊――」

「どういうつもりだよ。何でずっと黙ってたんだよ」

言ってくれればよかったのだ。初めて会った時に、おまえのことは以前から知っていると、ただ一言そう言ってくれればよかったのだ。どうして何も知らないふりをする必要があるのだ。

「もしかして今度はオレを金庫番にしようって思ってた？　室藤さんみたいにオレに金を稼がせてさ、それで征隆会に戻ろうって思ってた？」

言ったとたん黒田の顔色が変わった。

「おまえ、それ、本気で言ってんのか？」

押し殺すような黒田の声が怒りに満ちている。本気で怒っているのだろうその表情に、思わず黙り込んだ。

きっと黒田はそんなことを思ってなどいない。思っていたならば、とっくに実行していただろう。

黒田は十日ごとにきっちり二十万円の利息を支払う。集金のたびに金がないとごねるものの、滞納したことは一度もない。元金は残したまま利息だけを支払うのだ。

黒田に金を貸して一年。受け取った利息は五百万円を軽く超えている。そんな金があるのなら全額返済できないわけでもないだろうに、それでも黒田は湊に金を借り続け、利息を払い続けているのだ。まるでそれが自分の贖罪なのだと言わんばかりに――。

「黒田さんさ、何考えてんだよ……何がしたいんだよ」

「わからん」

「わからないって、何だよそれ」

「俺も自分で自分が何をしたいのかさっぱりわかんねぇんだ。ただな……」

「ただ？」

「俺はおまえのことが気になって仕方ないんだ」

「え……？」

「おまえに惚《ほ》れてんのかって言われると、ちょっと違う気もするんだが……俺はおまえが普通に笑ってる顔が見たいんだよ」

「普通に笑ってる顔って、何だよ、それ」

「おまえ、真壁と――駿一と一緒にいた頃は普通に笑ってたんだろう。そういう世の中に拗《す》ねたみたいな笑い方じゃなくて、もっと素直に、当たり前に笑ってたんだろう」

黒田の言う通りだった。真壁といた頃は、今のような皮肉を込めた笑い方などしなかった。どれだけくだらないことでも、二人で心の底から笑い合っていた。それだけで幸せだった。

「俺はおまえのそういう顔が見たいんだ。あいつといた頃と同じように、心の底から笑ってる顔が見たい。ただそれだけだ」

そのまま口を閉ざした黒田を湊はじっと見つめた。ふっと息を吐き口角を上げる。

「黒田さん、馬鹿じゃないの」

「湊……」

「笑ってる顔が見たいとか、意味わかんないよ」

「湊、俺はな――」

「もういいよ。これ以上オレにかまわないでよ。そんな風に中途半端に優しくされるの、オレ、一番嫌なんだよね」

何を言おうか迷ったが、口から出てきたのはそんな言葉だった。

自分の心の中にある思いを断ち切るかのように、その言葉を口にする。それは、以前からずっと思っていたことだった。

黒田は優しい。だが、その優しさは中途半端なのだ。辛い時には甘えさせてくれる。後でただのわがままだったと自分で思ってしまうようなことでさえ、黒田は笑って受け止めてくれる。けれど、最も望んでいるものは決して与えてくれない。

「黒田さん、何もできないでしょ。笑ってる顔が見たいとか言ってても、オレのことを抱けないんだしさ」

言ったとたん、黒田が困惑気味に眉根を寄せた。そんな顔をすると、黒田がますます真壁に似ているような気がした。黒田に重なる真壁の面影。やはり自分は黒田の中に真壁を求めているだけなのだ。だから、黒田に対する気持ちはただの勘違いだ。思い違いなのだ。

そう自分に言い聞かせ、湊は小さく笑った。

「何もできないんだったら優しくしないでよ」

「湊……」

「それともオレのこと、助けてくれるわけ？　オレを室藤さんから解放してくれるわけ？」

言いながら自己嫌悪に陥った。こんなことを黒田に言ったところで仕方がない。ただの八つ当たりだ。なのに、どうしても言葉を、溢れ出す感情を抑えきれない。

「黒田さん、ヤクザなんだよね。あの中里って人が頭下げるくらい偉いんだよね。だったら助けてよ。室藤さんからオレを開放してくれよ。助けられないんだったら半端なことすんなよ！」

思わず黒田の胸倉を摑み上げ、湊は叫んだ。

「そんな中途半端な優しさなんか要らないんだよ！　何もできないんだったら、オレのことなんかもうほっといてくれ！」

「どうしたんだ、湊。何があった？　室藤に何をされた？」

「いつも通りだよ！」

金を毟り取られ、殴られながら口淫を強要された。挙げ句にディルドでアナルオナニーまでさせられた。口答えはできない。むろん抵抗もできない。少しでも逆らえば、待っているのはレイプという名の残酷なリンチだ。

くっと嗄れた笑い声を漏らし、湊は黒田を見上げた。

「喉の奥まで突っ込まれて無理やり飲まされたよ。潮噴くまでオナニーもさせられた。あいつ、オレのことなんか便所くらいにしか思ってないんだよ」

「湊、おまえ……」

「オレ、もう嫌だよ……あいつに無理やり口でさせられんのも、殴られながら輪姦《まわ》されんのも嫌だ。金なんか要らない。何も要らないから俺を自由にしてくれよ……」

金さえあれば何でも買える。そう思って生きてきたのに、金があってもどうしようもないものがあることを今さら思い知らされた。

室藤からは自由を買えない。黒田からは愛を買えない。欲しいものが買えない金などいったい何の意味があるというのだ。

「湊……」

「助けてよ、黒田さん……オレを助けてよ……」

ますます困ったように眉根を寄せる黒田を、湊は複雑な思いで見やった。

助けてくれと言ってみたものの、黒田に何ができるわけでもない。征隆会の幹部だったのかもしれないが、すでに足を洗った身だ。たとえ会長である中里との縁はまだ切れていなくとも、今の黒田に征隆会を動かすような力はないのだろう。むろん、その下部組織である室藤組に手を出すこともできない。

黒田には何もできない。それでも助けてくれと言わずにはいられない。湊にはもう黒田しか縋《すが》れる人間がいないのだ。

「湊――」

ふいに肩に手を置かれ顔を上げた。そこに見えたのは、いつものおどけた様子ではなく、やけに神妙な表情の黒田の顔だった。

先ほど通りで見た時と同じ、裏社会に身を置く者たちだけが持つ独特の闇めいたもの。その闇をまとった黒田に、湊は思わずシャツを摑んでいた手を離した。逃げるように後ずさると、その手を黒田が強く摑む。

「痛いよ、黒田さん……」

放せ。そう言って手を解こうとした時、黒田がぽつりと言った。

「自由になりたいか？」

「え……」

「室藤から解放してほしいか？」

手を摑んだまま黒田が問う。

そんなことができるわけがない。そう思いつつも、小さく頷いた。何を期待したわけでもないけれど、黒田の視線にそうさせるものがあった。

ふと笑みを浮かべた黒田が「わかった」と一言だけ口にする。穏やかだが、何かを決意したような笑み。それにえも言われぬ不安を感じた。なぜだかわからないが、黒田が遠くに行ってしまうのではないかと思った。いつものように買い出しにでかけたまま二度と自分の元に帰ってこなかった時の真壁と、今の黒田が被る。真壁がいなくなったように、黒田もまた突然いなくなってしまうのではないだろうか。

「黒田さん……？」

「どうした？　そんな不安そうな顔すんなよ」

「黒田さん、何かするつもり……？」

問いに黒田は何も答えない。ただ笑みを浮かべるのみだ。

「いいよ……冗談だからさ。何もしなくていいから。さっきのは忘れてよ」

言いながらも、心に湧き出した不安感がますます大きくなっていく。

「オレ、大丈夫だから。別に今のままでもぜんぜん――」

「大丈夫じゃねぇだろう」

「黒田さん……」

「そうやって意地ばっかり張るな。助けてほしい時は助けてくれって言えばいいんだ」

そう言って苦笑し、黒田が肩に手を置いた。

伝わってくる手の温かさと重み。だがその重みは心に巣食った暗い影と同じ重さだった。

黒田を失うかもしれないという漠然とした不安で、心が押し潰されそうになる。

「嫌だよ……黒田さん……何もしなくていいよ。何もしなくていいから――」

どこにも行かないと約束してくれ――。

言いかけた言葉を遮るように、黒田が強く背を抱いた。広い胸が頬に当たり、驚いて顔を上げる。

「心配すんな。少し時間をくれ。おまえを必ず自由にしてやる。約束だ」

その約束の代償はいったい何だろうか。

黒田の体温を、鼓動をこんなにも近くに感じているにもかかわらず、黒田が果てしなく遠くにいるような気がする。

胸の奥にじわりと広がる不安という名の影。心を蝕《むしば》んでいくそれは、湊の中でどんどん大きくなっていった。

7

あの日、『ＢＬＡＣＫＷＡＬＬ』から東麻布の事務所に戻った湊は、いつも通り八野田たちと債権の回収に回った。

自ら金を返しに事務所にやってくる者もいれば、当然のように逃げる者もいる。中には開き直って返す金などないと言い張る者もいるが、貸した金はきっちり回収が湊のモットーだ。そして今日もまた、誰かに金を貸し、誰かから金を回収している。

金は湊の目の前を右へ左へと流れていく。湊の日常は、あの日以降も何も変わらなかった。

自由にしてやるという黒田の言葉を信じたわけではなかったが、どこかでそれを期待している自分がいた。けれど、やってくるのはいつもと変わらぬ日常だった。

室藤は相変わらず金を要求してくる。素直に金を運ぶ湊を、室藤は当たり前のように殴り口で奉仕させた。生臭い精液を喉に流し込まれるたびに、湊の心は少しずつひび割れていく。いつか自由になれる日が来るのだろうかと考えている自分に笑いすらこみ上げた。

自由になれる日など来ない。永遠に来ないのだ――。

「いやー、やっぱ湊さんはすごいですね」

今日も金の回収を終えて事務所に向かっていると、隣を歩いている八野田が感心したように言った。

「桃谷《ももたに》のやつ、警察に駆け込むっつーからどうしようかと思いましたよ。んでも湊さんの一声で金返すからびっくりしましたよ」

「あいつは駆け込まないよ。駆け込めるわけないからね。捕まったら大好きなカジノに行けなくなるじゃん。会社にも奥さんにもカジノのこと、バレちゃうしね」

「それにしてもあの野郎、マジで馬鹿ですよね。あんなイカサマバカラで勝てるわけないのに」

裏カジノに嵌《は》まった会社員に貸し付けた金は総額で二百万。最初はわずか五万だった借金は、十日で五割の利息で四十倍に膨れ上がっている。

「ま、搾れるだけ搾って、限界が来たら自宅のマンション、売ってもらうしかないね」

呆れ気味に肩をすくめ、湊はコートのポケットに手を突っ込んだ。

別に桃谷だけではない。一発逆転を狙って借金を重ねる愚かなカモたち。そんな逆転など万が一にもないのに、ギャンブルに狂っていく者はそれがわからない。わからないからこそカモになっているわけなのだが――。

麻布十番大通りを歩きながら、湊はふと暗闇坂を見上げた。

あの日以降、『BLACKWALL』に行っていない。黒田の素性を知ってしまったこともあるが、あんなことを言ってしまった後ろめたさがずっと湊の心を苛《さいな》んでいた。

黒田が欲しかったのは本心だし、今でもその気持ちは変わらない。何より、黒田が必要以上に優しく接してくるのが本気で辛かった。

抱けないなら放っておいてほしい。自分を自由にできないならかまわないでほしい。黒田はほんの気まぐれで野良猫に餌《えさ》をやっているつもりかもしれないが、野良猫はそれを期待して次を待ってしまうのだ。

自由にしてやるから待ってくれと言っていた黒田からは、未だ何の連絡もない。湊もあえて何も言わなかった。そうこうしているうちに十日が過ぎ、とうとう黒田の最後の返済日がやってきた。

「八野田、悪いけど『BLACKWALL』の回収、オレの代わりに行ってきてくれるかな」

坂から目を逸らしながら言うと、八野田が訝るように首を傾げた。

「『BLACKWALL』って、あの厳ついオヤジのところですか？　別にいいですけど」

「頼むよ。今晩でいいから、きっちり二百二十万、回収してきて」

「え？　二百二十万って、あのオヤジ、完済する気なんですか？」

「らしいよ」

湊の誘いを拒んだ日、黒田は元金と利息、合わせて二百二十万円を全額返済すると言った。今日がその約束の十日後だ。これで黒田との縁は完全に切れる。あの店に行くこともなければ、もう二度と黒田とも会うことはなくなるだろう。

「マジですか。意外に甲斐性あったんですね、あのオヤジ。毎回きっちり利息は返す優良顧客だったのに、ちょっと残念ですね」

「まとまった金でも入ったんだろ。オレは『ルージュ・ルージュ』のリリカのところへ回収に行ってくるから、そっちは頼む――」

そう言って八野田に背を向けようとした時、目の前に黒い車が停まった。やや大型のその国産車に見覚えがあった。これと同じ車が西麻布の室藤のマンションに停まっている。

どうして――。

そう思うと同時に、黒い遮光シールを張り付けた後部座席の窓がゆっくりと下りた。乗っていたのは、やはり室藤だった。

「乗れよ、湊」

声を聞いたとたん足がすくむ。このまま逃げ出してしまいたい衝動に駆られたが、体はぴくりとも動かなかった。

「室藤さん……どうしてここに……？」

「俺がどこにいようが勝手だろうが。どうでもいいから早く乗れ」

室藤が顎をしゃくると、助手席から人相の悪い男が降りてくる。肩を掴んできた男の手を振り払い、湊は八野田を振り返った。

「八野田、ちょっと行ってくる。『ＢＬＡＣＫＷＡＬＬ』の回収、よろしく」

「あ……はい……」

「それから、『ＢＬＡＣＫＷＡＬＬ』に行ったらあのオヤジにこの前の約束はどうなったんだって聞いておいてくれるかな」

「約束？」と首を傾げた八野田に頼むと微笑みかけ、湊は後部座席のドアを開けた。

やはり逃げられない。カモはどこまで行ってもカモだ。自分はカモにされる運命からやはり逃げられないのだ。

車に乗り込みながら、もう一度暗闇坂を振り返る。

助けてよ、黒田さん――。

助けてくれ。お願いだから、助けてくれ――！

どれだけ願っても黒田は来ない。わかっていても、湊は心の中でそう叫び続けた。

8

いったいどこに連れていかれるのだろうと思っていたが、室藤の車が止まったのは狸穴町にある湊のアパートだった。一階と二階を合わせると十二部屋ある古いアパートで、住人は湊を含めて三人しかいない。しかも二人ともが八十を超えた老人で、そのうちの一人は先月から入院してしまっている。

裏は営業しているのかどうかもわからない古いラブホテル。向かいは何かの会社事務所兼倉庫ときている。坂のやや中腹に位置しているせいか、車も通らなければ人通りもほとんどない。つまり、ここで泣きわめこうが叫ぼうが、気にする者など誰もいないということだ。

周囲の邸宅めいた豪邸からぽっかり浮いた築年数もよくわからないこの古いアパートは、とても金を持っている人間が住んでいるとは思えない。だから、わざわざ選んでここを借りていたのだけれど、どうやらそれが仇《あだ》になってしまったらしい。

「おまえ、俺以外の誰にしっぽを振ってるんだ？」

いきなりみぞおちに拳を叩き込まれ、息が詰まった。苦しくて体をくの字に折り曲げると、室藤がすかさず髪を摑み上げる。

「いっ……」

「誰に泣きついた？　言えよ、湊」

「な……何のこと……？」

室藤が何を言っているのかさっぱりわからない。だが、とぼけるなと言わんばかりに、頬を張り倒された。唇を噛んでしまったのか、口腔に血の味が広がる。

「会長にな、おまえから手ぇ引けって言われたんだよ。おまえ、会長と何の関係がある？」

「会長……？」

「中里だよ。征隆会の五代目とおまえ、何の関係があるんだ？」

征隆会の現会長、中里龍平。先日、黒田と『ＢＬＡＣＫＷＡＬＬ』の前で話をしていた男だ。姿は見たものの、面識は一切ない。

「し……知らないよ。中里って人に会ったことなんかないよ」

「なら何で会長がおまえから手ぇ引けなんて言ってくるんだ？　おかしな話だろうが」

「そんなの知らないよ！　オレは中里なんて人は知らな――」

言い終わる前に壁に頭を打ち付けられた。後頭部にがつんとした痛みが襲い掛かり、目の前にリアルに星が飛ぶ。

床に座り込みそうになると、今度は首を締め上げられた。気道を塞がれ息ができない。一応の抵抗をしてみたが何の意味もなかった。

「む……室藤さ……ん……」

「おまえ、金貯め込んで俺から逃げようとしてんだろう」

そう言った室藤がにったりと口角を上げる。嗜虐の愉悦に歪んだ笑みを向けられ、肌がぞっと粟立った。

「俺から逃げられると思ってんのか、おまえ」

首を絞める室藤の手に力がこもる。頸動脈《けいどうみゃく》も圧迫され、脳が完全に酸欠状態になった。ふっと意識が遠のきそうになる寸前、室藤が首から手を離した。

「ぐ……う……、げほげほっ……」

肺にようやく空気が入り、激しくせき込む。首を押さえながら床に座り込むと、再び髪を掴まれた。

「いっ……た……」

「金はどこだ？　どこに隠してる？」

「か……金……って」

「金借りに来た客に作らせた口座があるんだろ。そっちに金入れてんのか？」

「ちょっと待ってよ……オレ、何のことか本当にわかんないよ……」

確かに借金のカタとして客に銀行口座を作らせることがある。特殊詐欺に使うための架空口座だ。それを口座売買の闇業者である『道具屋』に売りはしたが、使うような馬鹿なまねはしていない。海外で現地通貨が引き出せる国際キャッシュカード付きの巧妙な偽造口座ならまだしも、そんなすぐに足がつくようなものをおいそれと使うわけがないではないか。

「使ってないよ。そんなことするわけないじゃん……」

「じゃあ金はどこだ？」

「え……？」

「金だよ、金。おまえ、俺に黙って貸し付けて儲けた金、どこに保管してるんだ？」

「どこって……」

「おまえ、俺が金回せって言うたびにきっちり持ってくるよな。その金、どっからともなく湧いて出てくんのか？　違うよなぁ、湊」

金を持ってこなければ寄ってたかって強姦するくせに何を言ってやがる。思わず室藤を睨み上げると、また頬を張り倒された。勢いでそのまま床に倒れ込んだ湊に、室藤が馬乗りに跨がる。

「覚えてねぇか？　だったら思い出せるようにしてやろうか？」

室藤の手がベルトにかかり、湊は目を見開いた。

「言ったよな、湊。逆らったら体に教えてやるって」

湊のベルトを引き抜いた室藤が、ゆっくりと立ち上がる。

「おまえら、好きにしていいぞ」

そう言った室藤が、玄関の前で控えていた舎弟たちに顎をしゃくった。

先ほど運転席と助手席にいた男たちが、下卑た笑いを浮かべながらゆっくりと近づいてくる。

その嗜虐的な表情を見たとたん、ぞわりと背が震えた。

脳裏によみがえってきたのは、何人もの男たちに犯され続けた悪夢のような記憶だった。全裸にひん剝《む》かれ、手足を縛られて犯された。あの時、自分の体に乗り上がって腰を振っていた獣たち。その獣たちとこの二人は全く同じ目をしている。

「嫌だ……来るな……」

じりっと後ずさった湊の足を坊主頭の男が摑み上げた。軽々と湊の体を引きずり寄せ、両足を抱え上げる。ひっと喉を鳴らした湊は、部屋の奥にある押し入れのふすまを指差した。

「あ……あそこだよ！　金ならあそこに入れてある！」

「行け」と室藤が指示すると、もう一人の男がふすまを開けた。押し入れの片隅に積まれた段ボール箱を、男が無造作に引きずり出す。ガムテープを引き剝がして箱を開けた男は、輪ゴムで止められた一万円札の束を摑んでにやりと笑った。

「親父、ありました！」

男が段ボールを抱えて戻ってくると、札束が入った箱を覗き込んだ室藤は馬鹿にしたように鼻を鳴らした。

「タンス預金じゃなくて段ボール箱預金か。湊、この箱にどれくらいある？」

「に……二億くらい……」

「ほお。二億か」

にやりと笑った室藤が首を摑む。息がかかるほどに顔を近づけ、室藤はまたもや湊の喉を締め上げた。

「う……ぐ……」

「けっこう貯め込んでるじゃねぇか。ああ？　この金持って逃げようとでも思ってたのか？」

「そんなこと……思って……ない……」

逃げられるものならとっくに逃げている。逃げることを考えながら結局逃げ出せず、こうして金だけが貯まっていった。その結果がこの金だ。

「そうか。だったら要らねぇよな、この金。おまえに余計な金を持たせるってのはよくないみたいだから、俺が全額回収しといてやるよ」

そう言った室藤を、茫然と見上げた。

本人はもっともらしい理由をつけているつもりかもしれないが、そんなものはただのクズの言い訳だ。室藤を見つめながら、湊はくっと喉を鳴らして笑った。

床に目を向けると、さっき倒れ込んだ拍子に段ボール箱が転がったのだろう、輪ゴムで束ねた札束と、輪ゴムが外れた一万円札が散らばっている。すり切れた畳の上に、まるで紙屑のように打ち捨てられているそれらを眺め、湊はまた笑った。もう笑いしかこみ上げてこなかった。

「てめぇ、何がおかしいんだ？」

「……クズだと思ってたけど、ヤクザって本当にクズなんだな」

吐き捨てるように言ったとたん、顔に拳が飛んできた。殴りつけられた頬が痛むが、笑いが止まらない。

「何言ってんだ、おまえ。誰がクズだって？」

「クズだろ。あんた、本物のクズじゃないかよ……」

「てめぇ、誰に向かってそんな口利いてんだ？　そんなに犯り殺されてぇのか？」

シャツの襟を摑んだ室藤が、それを左右に引き裂いた。ボタンが弾け飛び、色素の薄い肌が露《あら》わになる。

逃げようとしたが、床に引き倒された。「やれ」という室藤の声と同時に馬乗りになってきたのは、先ほど車を運転していた男だ。もう一人の坊主頭の男は湊の両手を押さえ込んでいる。これから何をされるのか、聞かずともわかった。

「い……嫌だ！」

「何が嫌なんだ？」

にやりと笑い、室藤がベッドに腰を下ろした。

「おまえ、男に抱かれるのが好きなんだろう。こいつらにケツの孔が二度と閉じなくなるまでかわいがってもらえよ」

室藤の笑い声とともに、男の手がジーンズを引きずり下ろしにかかる。暴れると腹に容赦なく拳が叩き込まれた。こみ上げてくる嘔吐感に涙が溢れた。

やはり自分はカモだ。カモはどこまで行ってもカモなのだ。カモ以外にはなれない――。

男のヤニ臭い息が近づき、とっさに目を閉じて顔を背けた。このまま二人によってたかって犯されるのだろう。もしかすると、嗜虐趣味のある室藤に嬲り殺されるかもしれない。いつかそんな日が来るだろうとは思っていたが、まさかその日が今日だとは思いもしなかった。

きっと楽に死なせてなどもらえない。ヤクザのリンチは想像を絶すると聞いている。銃弾を何発も浴びせられて事切れた真壁の死に様を思い出し、湊は諦めたように力を抜いた。

だが、体を引き裂くような痛みはいつまで経ってもやってこなかった。代わりに聞こえたのは、男の唸るようなくぐもった声だった。

驚いて目を開けると、馬乗りになっている男の真後ろに大きな影が見えた。その影が、男の手を摑んでいる。

ゴキっという嫌な音とともに、男が叫び声を上げて床に転がった。両手を押さえていた坊主頭の男も、血相を変えて湊から飛びのく。

ベッドに座っていた室藤も同様だった。雷《かみなり》に打たれたように立ち上がった室藤が、突然乱入してきた男に驚愕の眼差しを向けている。

「クズをクズって言って何が悪い？　ヤクザなんざ所詮クズの集まりだろうが」

聞き覚えのある声を耳にした瞬間、涙が出そうになった。

自由にしてやると言っていた。必ず自由にしてやるから少し待ってくれと言っていた。その言

葉を素直に信じられなかったが、どこかでそれが本当であればいいと思っていた。

「黒田さん……」

ぽつりと呟くと、影が――黒田がにやりと笑って肩をすくめる。

「間に合っ――てねぇか。つーか、色っぽい格好だな、おい。目のやり場に困るだろうが」

言われてかっと顔が赤くなった。

殴られた上にシャツを引き裂かれ、ボタンはほとんど弾け飛んでしまっていた。ズボンどころか下着も一緒に膝まで引きずり下ろされて、尻が剝き出し状態だ。

「勃っちまうから、早く服着ろ」

慌ててシャツの前を掻き合わせる湊にそう言い放ち、黒田は床に転がっている男に目を向けた。関節でも外れたのか、男が肩をかばいながら這うようにして黒田から遠ざかろうとする。その尻を思いきり蹴り飛ばし、黒田は室藤を振り返った。

「久しぶりだな、室藤」

黒田の声に、室藤が一瞬体をこわばらせる。

「四代目、何でここに……大阪にいたんじゃ……」

「たこ焼きも串カツも食い飽きたからこっちに戻ってきたんだ」

おどけた調子で答えた黒田を睨む室藤の目が憎悪に揺れた。からかわれたことへの怒りだ。むろん、黒田はそれを承知の上で室藤を茶化している。

「ふざけてんですか、四代目」

「おまえみたいなクソ野郎に四代目って言われると反吐《へど》が出そうになるな」

吐き捨てるように言った黒田は、目を細めて口角を上げた。

その表情に湊は戦慄《せんりつ》した。

それは、今まで一度も見たことのない黒田の表情だった。

黒田の目が深い闇の色をまとっている。先日、『ＢＬＡＣＫＷＡＬＬ』の前で見たあの目よりもっと深い闇の色だ。

黒い覇気をまとう圧倒的な存在感——。

先日の言葉を信じるならば、黒田はすでに足を洗って極道の世界から引退しているはずだった。なのに全身から滲み出すこの覇気はいったい何なのだろうか。今は堅気のはずの黒田が、現役の室藤たちよりもずっと裏社会の闇を背負っているように見える。

突然現れた黒田に驚愕する室藤と、その室藤を当たり前のように呼び捨てにする黒田。そこに歴然とした力関係が見える。何より、室藤は黒田を『四代目』と呼んだ。

それが意味することを理解し、湊は茫然と黒田を見やった。

「四代目って……」

思わず呟くと、後ろを振り返った黒田がいたずらっぽく笑う。今は細かいことを気にするなと言わんばかりの笑みに、自分の疑問が事実なのだと確信した。

黒田はヤクザだ。しかもただのヤクザではない。この街でかなりの力を持つ新興勢力、征隆会の四代目会長だ。

驚愕の眼差しを向ける湊から目を逸らした黒田が、室藤にずいと近づく。

「随分出世したみたいじゃないか、室藤。樽崎の叔父貴がいきなりおっ死《ち》んで、おまえが後釜に座ったらしいな。征隆会直系の椅子の座り心地はどうだ？」

笑いながらの言葉だったが、室藤よりも湊の方が恐怖で震えた。

今まで室藤の暴力に怯えてきたが、今の黒田はその比ではない。まるで獰猛な肉食獣のようだと思った。隙《すき》を見せたとたんに喉笛を嚙み切られ、食い殺されてしまいそうな錯覚に陥る。

もしかすると、黒田は平然と人を殺す人間だったのかもしれない。何の躊躇《ちゅうちょ》もなく、まるで茶を飲むような気軽さで人を傷つけ、命を奪う。黒田がいた世界はそういう世界なのだ。

笑みを浮かべたままの黒田が、室藤をじりじりと部屋の隅に追い詰めていく。やがて室藤の背が部屋の壁にぶち当たった。

室藤の舎弟たちも、全く動けないでいた。唐突に現れた上部団体の先代会長に、どう対処していいのか困り果てているといった様子だった。

「……いきなり何なんですか。あんた、とっくに引退したんでしょうが」

「今は麻布十番でバーのマスターやってんだが、借金で首が回らなくてな」

「借金？」

「ああ。店の賃料滞納してな、そいつに借金したんだ」

いきなりそう切り出した黒田に、室藤が訝るような目を向けた。

「借金って、あんた、何言ってんですか。引退した時にしこたま功労金をもらったでしょうが。それは――」

「そんなもん、いつまでも残ってるわけねぇだろうが。足洗ってからはシノギもねぇから、金もすっからかんだ。始めたバーもちっとも客が来なくて閑古鳥が鳴いてやがる。仕方ねぇから『ポートファイナンス』で金を借りたんだが、利息がきつくてひーひー言ってんだ」

そう言った黒田が、ちらりと湊に目を向ける。

「挙げ句にそこの悪徳金貸しに金を返せねぇなら体を売れって言われててな。今日がその返済日で、残念なことに金がねぇ」

だから何だと言わんばかりの室藤に一瞥をくれ、黒田は改めて湊に向き直った。

「そんなわけだ。湊、おまえに借りた二百二十万で今すぐ俺を買わないか？」

「え……？」

「ゲイビには出てやれないが、二百二十万でおまえのものになってやる。俺の命をかけておまえをこの馬鹿野郎から護ってやる。おまえがもういいって言うまでずっとだ。一生だ。どうだ、いい買い物だと思わないか？」

笑みを浮かべながらそう言った黒田を、湊は茫然と見つめた。

たった今聞かされた黒田の言葉のひとつひとつを心の中で反芻する。

おまえのものになってやる――。
命を懸けて護ってやる――。
一生だ――。

やがて弾き出された答えに、今の状況も忘れて赤面した。

このシチュエーションでその恥ずかしい台詞を口にする黒田の神経がわからない。もしかすると馬鹿なのではないかと思っていたが、本当に馬鹿だったのかと呆れもした。けれど、それ以上に心が歓喜に打ち震えている。

「何がいい買い物だよ……来るのが遅いんだよ……」

さんざん殴られ、服を脱がされ、レイプされる寸前だった。それなのに、何をヒロインの窮地に颯爽《さっそう》と現れた正義の味方ぶっているのだ。

「二百二十万って、ふざけんな！　黒田さんの値段なんか、千円で充分だよ！」

そう叫んでジーンズのポケットから五百円硬貨を二枚出した湊は、それを黒田に投げつけた。

「千円だよ、千円！　千円だったら買ってやるよ！」

黒田の尻に当たって落ちた硬貨が、床をコロコロと転がっていく。

それを目で追っていた黒田が、ふいにくすっと笑った。

「ったく……征隆会の四代目の価値は千円かよ。昼飯にラーメン食ったら煙草も買えやしねぇ」

シケてやがると苦笑交じりに呟き、足元に落ちた硬貨を拾い上げる。

「湊、金は丁寧に扱わないと逃げていっちまうぞ」

以前言った言葉を揶揄《やゆ》するように返し、黒田は「商談成立だ」と硬貨をポケットに入れた。そのまま、またゆっくりと室藤に近づいていく。

「ほら、見てみろ。おまえがつまらねぇことばっかりするから、俺はたった千円ぽっちであいつに買われちまったじゃねぇか」

「千円千円て、さっきから何わけわかんねぇこと言ってんだ」

話の展開についていけないとばかりに室藤が鼻に皺を寄せる。それもそうだろう。当事者の湊ですら頭がこんがらがってきそうだった。

「聞いてなかったのか？　俺は千円で湊に買われたんだ。買われた以上、俺はあいつを護る義務があるってやつでな」

言いざま、黒田が室藤の首を締め上げた。圧倒的な体格差だった。大柄な黒田が暴れる室藤を壁に押さえ付け、腕を逆手に捻《ひね》る。

「いっ！」

腕を背中に向かって捩《ね》じり上げられ、室藤が痛みに顔を歪めた。

「いっ……てぇな、畜生！　手、離せよ！　いてぇんだよ！」

これ以上腕を捻れば確実に肩が外れるか腕が折れるだろう。痛みのあまり室藤が床に膝をつく。

「離せっつってんだろうが！　おまえらもぼさっと見てんじゃねえよ！　この馬鹿野郎を何とかしろよ！」

叫んだものの、室藤の舎弟たちはおろおろするばかりだった。一人は黒田に肩の関節を外されて完全に戦意を喪失しており、もう一人も上部団体の先代会長に手を出していいのか迷っている状態だ。

ぎりぎりと臍《ほぞ》を噛むばかりの室藤の耳元に、黒田はひっそりと、だが獰猛に囁いた。

「湊に手ぇ出すな」

「ああっ？」

「今だけじゃねぇ。今後もだ。もしも手ぇ出したら――」

「出したら何なんだよっ？」

「ぶっ殺すぞ」

心が凍り付きそうな声音に、室藤が押し黙った。側で聞いていた湊も、ごくりと喉を鳴らす。

裏社会に身を置く者たちだけが持つ、剝き出しの闇を見せつけられたような気分だった。

しかし、そこは同じ裏社会に属する室藤も負けてはいなかった。たとえ腕をへし折られそうになっていても、好戦的な目を黒田に向けて唇を歪めた。

「何だ、あんただったのかよ」

「ああ？」

「会長からいきなり湊から手ぇ引けって言われておかしいと思ったんだよ。四十前のおっさんが若い男のケツなんか追いかけ回してんじゃねぇぞ」

「言うようになったなぁ、室藤。根性据わってるじゃねぇか」

「ぶっ殺せるならやってみろよ。ヘタレのヤメ暴がでけぇ口叩いてんじゃねぇぞ」

「そうか。だったら遠慮はなしだ」

喉を鳴らして笑った黒田が、室藤の手首をあらぬ方向に曲げる。とっさに目を閉じると、ゴキっと嫌な音がした。同時に室藤がくぐもった声を漏らす。

「う……ぅ……ぐ……あ……」

恐る恐る目を開けた湊は、思わず顔をしかめた。黒田に摑まれている室藤の手が、支える骨の力を失ってくたりとうなだれている。

「うわ……」

見ているだけで自分の手が痛くなりそうなそれから慌てて目を背けた。闇金などという商売をしているものの、こういった物理的な暴力を目の当たりにすると、恐怖で背筋が凍りそうになる。

「ほう。泣きわめかないのは上出来だ」

「うるせぇんだよ……ヘタレ野郎が」

手首の骨を折られてもなお悪態をつく室藤に、黒田が興味深げに片眉を上げた。

「いい顔してるじゃねぇか、室藤。昔よりちったぁ肝が据わったか？」

「うるせぇよ。いつまでも兄貴風吹かしてんじゃねぇよ」

「おまえ、湊を手放す気はねぇってことか？」

「当たり前だろうが。あいつは俺の金ヅルなんだよ。カモなんだよ。堅気のあんたに俺のシノギを指図される筋合いはねぇんだよ」

「カネ、カネ、カネ――。おまえ昔からいっつもそう言ってたな。そんなに金が大事か、室藤」

問われて室藤が唇を歪めて笑う。

「あんたもヤキが回ったな。大事に決まってんだろうが。今は金が要るんだよ。金があるやつがのし上がる。それが今の極道だ。昔とは違うんだよ。あんた、古いんだよ。いつまでも昭和の任俠映画みてぇなこと言ってんじゃねぇよ」

挑戦的な目で黒田を睨み上げ、室藤はそう吐き捨てた。

「征隆会は金が要るんだよ。金を工面できる俺が必要なんだよ。会長の中里は金儲けができねぇ馬鹿だから俺がせっせと金運んでやってんだよ」

「その金は誰から毟る？　湊か？」

「あいつはいいカモだからな。強情な真壁と違ってちょっとケツを弄ってやったら素直に言うことを聞く。口の中にブチ込んでやるとひーひー泣いてしゃぶるんだ。何ならあんたもやって――」

最後まで言わせることなく黒田は室藤を殴りつけた。無様に床に転がった室藤を、ゴミでも見るような目で見下ろす。

「なあ、室藤。おまえ、今、真壁っつったな。何で今ここで真壁の名前が出てくるんだ？」

「麻布十番に金を貯め込んでるバーテンダーがいるって噂で聞いたんだよ。最初はあいつをカモにしようと思ったら、あの野郎、ぜんぜん首を縦に振らねぇ。聞けばあんたの金庫番だっつーじゃねぇか。そりゃ、俺になびくはずなんかねぇよな」

「それで真壁を殺したのか？」

黒田の問いに、室藤がにやりと口角を上げる。その顔を見た瞬間、湊は真壁を殺させたのは室藤だと確信した。

室藤に殴られレイプされかけていたことも忘れて、頭に一気に血が上る。湧き上がってきたのは、限りなく殺意に近い憎悪だった。

「お……おまえが真壁さん殺したのかよ！　おまえが……おまえがっ……！」

思わず室藤に摑みかかろうとすると、それを黒田が止めた。

「やめろ、湊」

「離してよ、黒田さん！　オレ、こいつをぶっ殺さないと気が済まないよ！」

「やめろ、こいつにはおまえが殴る価値なんかねぇ」

「でも――」

いいから下がっていろ。そう言わんばかりに立ちはだかった黒田が、蔑んだ目で室藤を見下ろした。

「室藤。俺はな、真壁を――駿一を殺したやつをずっと探してんだよ。知ってることがあるならとっと吐け」

「知らねえよ。つか、真壁は義勇連合の半グレに殺られたんだろう」

「半グレがシロウトをチャカで弾くか？　素手か鉄パイプがいいところだろうが」

ぐっと胸元を摑み上げ、黒田が室藤の顔を覗き込む。

「言えよ。駿一殺ったのおまえか？」

一瞬、黒田の周囲に墨色の闇が浮かび上った。先ほどの闇よりもまた一段深い黒。

室藤を締め上げている黒田がまとっているのは、憎悪を伴った殺気という名の漆黒の闇だ。

恐ろしいまでの極道としての黒田がここにいる。今の黒田にかける言葉など湊には何ひとつとして思い浮かばなかった。

「知らねぇよ。言いがかりつけてんじゃねぇよ」

あくまでもしらを切る室藤を黒田がじっと睨み据える。口を閉ざした室藤を睨んだまま、黒田がふっとため息をついた。

「なあ、室藤よ。おまえは根本のところはちっとも変わっちゃいねぇな。腹が立つくらい変わらねぇ。自分は一切手を汚さねぇ。口ばっかりで高みの見物だ。そんなだから下がついてこねぇんだよ」

「余計なお世話だよ。鉛玉が怖くてケツ割ったあんたに言われたくねぇよ」

「何だと？」

「あんた、真壁殺られて怖くなったんだろ。真壁はあんたのせいで殺された。次に殺られるのは自分だって思ったから逃げたんだろ。そりゃ怖ええよなぁ。誰だって鉛玉何十発も喰らって蜂《はち》の巣になって死にたくねぇもんなぁ」

「知った風な口利いてんじゃねぇぞ、室藤」

室藤の首を締め上げ、黒田は拳を振り上げた。鈍い音と室藤のくぐもった声が何度も部屋に響き渡る。

「だめだ、黒田さん……」

黒田を止めなければと思った。このままでは本気で黒田は室藤を殴り殺しかねない。なのに、湊はその場から全く動けないでいた。

これがヤクザなのだと思った。闇金という商売をしている手前、自分も少なからず裏社会に足を突っ込んでいると思っていたが、それがただの子どもの遊びのように思えてくる。

「だめだよ、黒田さん……だめだから……」

人を殺してはいけない――！

なおも拳を振り上げた黒田の背に湊は思わず縋り付いた。

「だめだ！　それ以上やったらだめだよ、黒田さん！」

ふと動きを止めた黒田がゆっくりと振り返る。

殺気立った目に足が震えた。それでも止めなければいけないと思った。たとえ殴られても、黒田を人殺しにするわけにはいかない。

「だめだよ。それ以上やったら、オレ、黒田さんのこと一生嫌いになるからね」

「湊――」

「オレに買われたんでしょう、黒田さん。だったらもうそれ以上は――」

真壁の殺害に関わっている室藤は憎い。この手で殺してやりたいほど憎い。けれど、自分にそれを実行することはたぶんできない。そして、黒田に実行させることもしたくなかった。

「もう充分だよ。もう――」

きっと真壁がここにいたら同じことを言っただろう。もう充分だと――。

「いいのか？」

尋ねられ、首を縦に振った。それに「わかった」と頷き、黒田は室藤から手を離した。

完全に気を失っている室藤がどさりと床に倒れ込む。

手を折られた上にさんざん殴りつけられて、室藤の人相が変わってしまっていた。日頃から本人が自慢している甘い顔も、痣だらけでぱんぱんに腫れ上がっている。白目を剝いて床に転がる室藤をまじまじと見下ろし、湊はため息をついた。

「あーあ……ここまでする？　室藤さん、アンパンみたいになってるじゃん……」

「そんなアンパン、食いたくねぇよ」

ふんと鼻を鳴らし、黒田が部屋の出入り口近くに目を向けた。

親である室藤が殴られても茫然と立ち尽くしていた男たちをちらりと見やり、口角を上げる。

「で、おまえらどうするよ？　俺をシメるか？」

言ったとたん男たちがじりっと後ずさりをした。くるりと踵《きびす》を返したかと思うと、室藤を放置したまま逃げ出していく。バタバタと階段を駆け下りる音を聞きながら、黒田は心底呆れたように肩をすくめた。

「親ぁ殴られても文句ひとつ言わねぇって、おまえ、舎弟にいい教育してるな、室藤」

ヤクザは盃を交わして親子となる。惚れて惚れて、己の命を捧げてもかまわないと思うほど惚れ込んだ男から盃を受けて子となったものだが、それももう昔の話なのだろう。

室藤と室藤の子分たちの繋がりは金だけだ。それ以外の何物でもない。室藤が言っていたことはあながち嘘ではないのだ。黒田もそれをわかっている。

ヤクザの世界も金だ。金を儲ける才覚のあるやつがのし上がっていく。どれだけ喧嘩が強くても、金がなければ一生チンピラどまりだ。けれど――。

「なあ、室藤。金のことばっかり考えて忘れてるみてぇだから教えてやるよ」

完全に気を失っている室藤に向かって黒田が呟く。

「ヤクザなんてもんは所詮クズなんだよ。クズの集まりなんだよ。でもな、クズってのは強くてなんぼだ。わかるか、室藤。弱いヤクザはクズ以下なんだよ」

室藤から目を逸らし、黒田がのっそりと立ち上がる。

「ったく。せっかく昼寝してたのに、面倒くせぇことに巻き込みやがって」

そう言って湊を振り返った黒田から、先ほどの闇はきれいさっぱり消え失せていた。

9

玄関から外を眺めていると、坂道を黒い高級車が上ってきた。アパートの下に停まり、中から男が出てくる。わざわざ確認するまでもなく、征隆会の中里だった。

「征隆会会長、中里龍平——か……」

三十半ばほどと思われるその男を、湊はぼんやりと見つめた。

黒田にさんざん殴りつけられてふらふらになっている室藤が、中里の部下らしき男に引き渡されている。もう抵抗する気もないのか、室藤はされるままになっていた。

「お手数をおかけしました」

ワンボックスカーに押し込められる室藤にちらりと目を向けた中里が、黒田に深々と頭を下げている。征隆会の構成員は確か二百名ほどだと聞いている。末端の下部組織の人間まで含めると、その二倍から三倍くらいの人数がいるだろう。黒田はその頂点に立つ男に頭を下げさせている。

この街にいるといろいろな人間に出会うことがある。現役モデルの風俗嬢。その風俗嬢に入れあげている有名IT会社の社長。SMクラブに通い詰めている官僚に、若いホストを囲っている中堅代議士。そして、借金まみれでうだつの上がらない中年男は、ヤクザ組織の元会長だった。

「室藤の処遇は、征隆会の内々で決めさせてもらいます。樽崎の組長の件もありますし、真壁さんのことも――」

中里の口から出た真壁という言葉に、湊は耳をそばだてた。

中里の提案に黒田は何と答えるだろうか。だが、黒田は何も言うことなくポケットから煙草を取り出した。いつも吸っている茶色い紙巻き煙草を口にし、ライターで火を点ける。とたん、湊がいる二階まで甘いバニラの香りが漂ってきた。

「室藤のことはおまえに任せる。征隆会の会長はおまえだ」

「黒田の兄さん――」

「中里、俺のわがままを聞いてもらって悪かったな」

「いえ。あなたが誰かに執着するというのは珍しいと思ったので――」

そう言ってこちらを見上げた中里と目が合った。慌てて目を逸らすと、中里がふんと馬鹿にしたように笑う。どうして笑われているのかわからなかったが、何となくそれに腹立たしさを感じて湊は手すりに背を向けた。

姿は見えないが、中里と黒田の声だけは聞こえる。

「桜井湊をどうするつもりですか?」

「どうもしねぇよ。まだ若いんだし、まっとうな職に就いてやり直すのも遅くはないだろう」

「それを彼が望んでいるかどうかですが――」

「おまえの方こそ大丈夫なのか? 俺のせいでシノギがひとつ減ったようなもんだろう」

「まあ、室藤からの上納金《アガリ》がなくなるのは少々痛いですが、代わりにもっといいものを手に入れられましたからね」

意味深な中里の言葉に、黒田が小さくため息をつく。

「相談役の話か……」

「戻っていただきますよ。約束です」

「ああ。わかってる……」

戻ってもらうという中里の言葉と、それを了承する黒田の言葉。いったいどういうことだと、湊は手すりから身を乗り出した。

「ちょっと待ってよ！　戻るとか戻らないとか、何だよそれ！」

古い木造アパートの今にも崩れ落ちそうな錆だらけの階段を駆け下り、黒田の手を掴む。

「黒田さん、どこ行くんだよ！」

湧き出してきたのは焦りだった。黒田がどこかに行ってしまう。そう思っただけでいてもたってもいられなくなった。

「どこに行くつもり？」

「湊……悪いが戻らないといけなくなってな」

「戻るって、どこに？」

言ったとたん、中里が間に割って入った。

「その人の手を離せ、桜井湊」

中里の冷たい目に見据えられて一瞬たじろぎはしたものの、湊はそれをきっと睨み返した。相手がヤクザのトップだろうがここで引き下がるわけにはいかない。

「アンタ、何？　征隆会の偉い人か何だか知らないけどさ、勝手なことすんなよな。オレ、さっき黒田さんを買ったんだよ。オレの私物を勝手に持ち出そうとしてんじゃねぇよ」

「買った？　私物？」

いったい何のことだと中里が黒田を見やる。

「あー……いや、さっきな、こいつに千円で買われたっていうかだな……」

「千円？　何のことですか？」

「こいつに借金してんだよ」

「借金って、いくら借りているんですか」

「二百万。それの利子が十日で一割。今日がその返済日なんだが、どうにも金がなくてな。代わりに俺の体を買ってくれっつったら、千円で買い叩かれた」

言ったとたん中里が黙り込む。黒田を見つめる目は、完全に呆れ返っていた。

「……何をやってるんですか、あなたは」

うんざりとため息をつき、中里が後ろに控えていた舎弟を振り返る。車のダッシュボードから手提げ鞄を取り出した男は、それを中里に手渡した。

「借りた金が二百万、利子が二十万だな」

鞄の中から札束を引き抜いた中里が、その金を湊に差し出す。帯封がされたままの札束をまじまじと眺め、湊はふんと鼻を鳴らした。

「何だよ、これ」

「俺がこの人を買い戻す。これで文句はないだろう」

「はあ？　アンタ、馬鹿じゃないの？　売るわけないじゃん」

言ったとたん、中里の顔色が変わった。取り澄ましたような冷徹な表情が、一気に子どもっぽいものに変わる。その中にからかわれたことへの怒りが見え、湊は興味深げに中里を眺めた。

この男はもしかすると自分が思っている以上に若いのかもしれないと思った。征隆会の会長という立場上老成を装っているが、言動の端々に若さゆえのとげとげしさが見え隠れする。黒田のような自然な落ち着きではなく、擬態したそれを中里は無理やり身にまとっている気がした。

ならば自分にまだ勝ち目はあるかもしれない。

「中里さんだっけ？　言っとくけど、オレ、黒田さんのこと売る気なんかないから」

「自分が何を言っているのかわかっているのか、桜井湊。この人は征隆会の四代目だ。おまえみたいなゴミ屑同然の金貸しがどうこうできるような立場の人じゃない。わかったら、この金を持って失せろ」

「わかんないね。だいたいそんなことオレの知ったことじゃないよ。アンタにとって黒田さんが偉かろうが何だろうが、オレには何も関係ない。オレは金貸しで、黒田さんはオレの優良顧客。金貸しのオレがカモを手放すわけないだろ。アンタこそわかったら金を持ってとっとと帰れよ」

あえて挑発するような言葉を口にすると、中里の表情がより硬くなる。怒りを必死で堪えているのかと思うと、かえってからかいたくなってきた。

何より、中里に黒田への執着心が見え、気持ちが焦った。自分が黒田に抱いているものと同じものを中里も持っているような気がして仕方がない。ならば、なおさら中里に負けるわけにはいかなかった。

「黒田さんはオレのものなんだよ。買ってくれって言ったの、黒田さんの方だし、アンタはすっこんでろよ」

「そんなもの、おまえを助けるための詭弁《きべん》に決まっているだろう。黒田の兄さんは征隆会に戻る。おまえを自由にしてやるのは征隆会のせめてもの情けだ。金を持ってどこへでも失せろ」

互いを挑発する言葉を湊も中里も吐き続ける。今にも取っ組み合いのけんかを始めてしまいそうな二人を、黒田は咥え煙草で眺めていた。

止められないのか、そもそも止める気がないのか、舌鋒《ぜっぽう》鋭く言い合いを繰り広げる湊と中里に、黒田は全く口を挟まない。挟めば最後、とばっちりが自分に来るとでも思っているのだろう、完全に知らぬ存ぜぬを決め込んでいた。

「死にたいのか、桜井湊。麻布は明るい道ばかりじゃないぞ」

「殺りたきゃ殺れよ。アンタ、どうせ自分じゃ喧嘩もできないんだろ。いっつもそうやってお付きの舎弟に囲まれて高みの見物してんだろ」

「何だと……」

「これ、さっき聞いたばっかの受け売りだけどさ、ヤクザは強くなきゃ意味ないんだってさ。弱いヤクザはクズ以下なんだってさ。ねえ、黒田さん、そうなんだよね」

いきなり話を振られ、黒田がせき込む。煙草の煙をげほごほと吐き出しながら、黒田は湊に目を向けた。

「ちょ……おまえ、今その話を俺に振るかっ？」

「だって、黒田さんそう言ってたじゃん」

「そうなんですか」

中里に問われ、黒田が慌てて首を横に振った。

「ち……違うっ……ていうか、確かに言ったけど、それは室藤に言っただけで、俺は別に——」

「黒田の兄さんは俺が弱いとでも？」

「だーかーらーっ、違うっつってんだろっ！　おまえは弱くない！　強ぇえよ。馬鹿みたいに強ぇえ。でなきゃおまえに征隆会を任せてねぇってのっ」

中里は湊が言うような弱い男ではない。見てくれは確かに細身ではあるが、服の下にあるのは鋼のような肉体だ。ステゴロ——つまり殴り合いの喧嘩を一番の得意とする中里は、穏やかな外見とは裏腹に、内側に獣のような凶暴さを秘めている。むろん頭も切れる。だからこそ、年若いにもかかわらず、周囲の長老たちを押しのけて征隆会の現会長に納まっているのだ。

「ていうか、おまえも湊に釣られてガキみたいに口喧嘩なんかしてんじゃねぇぞ、中里」

げんなりと肩を落とした黒田が、中里と湊を交互に見やった。

どうしたものかと考えていても仕方がない。これは黒田が自分で蒔《ま》いた種だった。

中里には征隆会に戻る代わりに湊を室藤から自由にしてやってほしいと言った。そして、その湊を室藤から助けるために湊自身には自分を金で買ってくれと言った。

自分の体はひとつしかないのに、二人へ同時に自分の身を差し出す約束をしてしまったのだ。

「極道と金貸しに同時に言い寄られるってのもそうそうあるもんじゃねぇな……」

今の自分の置かれている立場を茶化した黒田を、湊と中里が同時に睨み付ける。

「湊も中里も、そんな怖い顔すんなよ。な？」

「誰のせいだよ、誰の！」

間髪を容れずに叫んだ湊は、そのまま黒田に詰め寄った。負けじと中里も一歩前に出る。

自業自得とはまさにこのことだった。完全に退路を断たれた黒田が、ごくりと喉を鳴らす。じりじりと詰め寄る二人の男を見やった黒田は、意を決したように口を開いた。

「なあ、中里。ものは相談なんだが……」

「相談？」

訝るような目を向けた中里に、黒田が「ああ」と頷く。

「その……何だ……俺が湊に二百万完済したら征隆会に戻るってのはどうだ？」

「完済したら？」

「ああ。金を返し終わったら組に戻る。湊もそれでいいか？」

身勝手すぎる提案に、湊は眉を吊り上げた。そんな条件など呑めるわけがない。

「そんなの、いいわけないだろ。オレはさっき黒田さんを買ったんだよ。買ってくれって言ったの、黒田さんじゃないか」

「だからだな……おまえのものになってやるけど、俺は中里にも義理があるんだ。その義理、欠かすわけにいかねぇんだよ」

「義理って何？」

「おまえを室藤から解放する代わりに、この人は征隆会に戻ると約束したんだ」

話に割って入った中里が、勝ち誇ったような口調で言った。

「うちとしては他の組に『ポートファイナンス』のケツモチをさせてもよかったんだ。おまえが今まで通り月に利息として十五パーセントを収めるなら、室藤がいなくなったところで別に何の問題もない」

室藤が去ってもまた次の室藤をあてがえばいい。『ポートファイナンス』から金を吸い上げるのは誰でもかまわないのだ。

「室藤からの上納金《アガリ》は大きかったからな。『ポートファイナンス』もでかいシノギのひとつだ。それをみすみす手放すんだ。それなりの対価を支払ってもらわなければ割に合わない」

その対価が黒田というのか。

「黒田さん、それって本当？」

「ん？　ああ……まあな……」

先日、助けてくれと縋った湊に、黒田は自由にしてやるから少し時間をくれと言っていた。あれはこのことだったのか――。

「黒田さん……またヤクザに戻るんだ……」

「だから、おまえに借りてる金を完済したらだ」

あと二百万だろうと笑った黒田を見上げ、湊は口を噤んだ。

そんな金、返さなくていいと思った。金を返し終われば黒田は自分の側からいなくなる。また極道の世界に戻ってしまう。

真壁は言わば征隆会の内輪揉めに巻き込まれて死んだ。極道の世界に戻れば、黒田もいつ命を落とすかわからない。黒田がいなくなるかもしれないと思うと、胸が張り裂けそうだった。

真壁の棺を見送ったあの悲しみを、もう二度と味わいたくない。

そんな思いをするくらいなら、金など一生かかっても返さなくていい。

だが、どれだけそう思っても、金貸しの自分がそれを口にすることはできない。何も言えずにいると、黒田がふと肩を抱いてきた。背に、肩に、黒田の手の重みと温かさが伝わってくる。

「心配すんな、湊。金を返し終わるまでおまえの側にいる。さっき千円で買われちまったしな」

胸ポケットから五百円硬貨を二枚取り出し、黒田が笑う。

「黒田さん……」

「そんなわけだ、中里。征隆会に戻るのはもう少しだけ待ってくれ」

＊＊＊

黒田のめちゃくちゃな提案を渋々了承し、中里は車に乗り込んだ。

閉めたドアに寄りかかり、黒田は車内にいる中里に笑みを向ける。

「無理ばっかり言って悪いな、中里」

「ぜんぜん悪びれてる感じがないのは俺の気のせいですか」

「もしかして怒ってんのか、おまえ」

「怒っていないとでも？」

問いに即答され、思わず頭を掻いた。

「だよな……」

「何となくこうなるような気はしていました。あなたが簡単に戻ってくるはずがないってね」

「中里──」

「俺だって征隆会の会長なんてものは荷が重いんです。できるなら今すぐ投げ出してしまいたいくらいだ」

あなたのように──。

きっと心の中で付け足されたであろう言葉を想像し、少しばかり申し訳ない気分になった。

真壁が殺されたのは、黒田が征隆会の会長の椅子に座ったわずか数日後だった。

黒田の金庫番だった真壁は、店で出す乾き物の買い出しを終え、『ＢＬＡＣＫＷＡＬＬ』に戻る途中で義勇連合の半グレたちに襲撃された。

店の近くの駐車場で、真壁に浴びせられた銃弾は合計で二十四発。そのうち十数発が体の中にめり込んだ。ほぼ即死だった。

真壁の葬儀が終わった日、黒田は征隆会会長の座を降り、足を洗って極道の世界から身を引いた。それが、堅気の真壁をむざむざと死なせた黒田のせめてもの詫《わ》びだった。

だが、そのとばっちりを食ったのが中里だ。四代目を襲名したばかりの黒田が突然征隆会を去り、一の舎弟だった中里は押し付けられるように後を任された。力も度量も充分あれど、いかんせんまだ年若い。三十そこそこという若さで組織を任された中里の苦労は、相当なものだっただろう。

今のご時世、ヤクザなど流行りはしない。組の名をちらつかせてシノギを得る時代はもう終わった。世間を騒がせているのは、組織に所属しない半グレか、日本の甘い汁を吸いにやってきた異国の勢力だ。

それでも、こんな中でしか生きていけない者たちがいる。世間にどうしようもなくなじめない者たちの受け皿なのだとは言いたくはないが、ここしか居場所がない者たちがいることもまた確かなのだ。

暴対法の締め付けがどんどん厳しくなり、四代目の黒田の突然の引退で混乱のさなかにある征隆会を、中里は必死で守ろうとしている。さっきの言葉は、そんな中里が初めて口にした泣き言めいた愚痴だった。

「すまん、中里――」

「いえ。俺の方こそつまらないことを言いました。忘れてください。相談役の件は俺から幹部連中に話をつけておきます。四代目は事情があってすぐには戻れないということにしておきます」

「ああ。うまく丸め込んでおいてくれ」

「わかりました。ところで――」

「ん？　何だ？」

「桜井湊に借りている二百万ですが――」

「あ？　それがどうかしたか？」

「あの金、本気で完済する気、ありますか」

言われて黒田は目を泳がせた。

「ん？　あー、ああ。まあ、一応……な」

そんな気などさらさらない。そう言わんばかりの黒田の返事に中里が大きなため息をつく。もう何かを言う気も失せたのだろう。後部座席の窓がゆっくりと閉まっていく。

細い坂道を下っていく車に、黒田はもう一度「悪い」と小さく呟いた。

10

黒い車がゆっくりと坂を下りていく。それをじっと見つめていた湊は、ふと肩に手を置かれて後ろを振り返った。

「部屋に戻るか？　日も暮れてきたしな」

言われて空を見上げると、確かに日が陰り始めている。赤く染まった空を眺め、湊は黒田と並んで階段を上った。

室藤たちの乱入で部屋はめちゃくちゃだった。

もともと物は少ない方だが、その少ない家具も横倒しにされて好き勝手な方を向いている。押し入れから引っ張り出された段ボール箱もそのままだった。箱から出された札束が、床のそこかしこに散らばっていた。

室藤たちは箱をひとつだけ出してきたが、同じように金が入った箱はあとふたつある。一箱でおおよそ二億。合計六億円近い金がこの古いアパートの一室に転がっているということだ。

その金を拾おうともせず、湊は畳の上に胡坐《あぐら》をかいた。室藤たちに踏みつけられ、顔が歪んでしまっている福沢諭吉《ふくざわゆきち》をぼんやり眺めていると、黒田が部屋に入ってきた。

まずは湊に目を向け、そのままぐるりと中を見回す。

「さっきも思ったけど、おまえ、金を儲けてるって割にはシケた部屋に住んでるんだな」

「店のソファで寝起きしてる黒田さんに言われたくないよ」

「ま、それもそうだ」

肩をすくめた黒田が、布団がぐちゃぐちゃになっているベッドに腰を下ろす。その黒田を湊は床に座り込んだまま見上げた。

濃いグレーのシャツと黒っぽいズボンはいつも通りだ。膨らんだシャツの胸ポケットにはおそらく碇《いかり》のマークがついた煙草と銀色のライターが入っている。

黒田は何も変わらない。なのに、黒田がいつもの黒田に見えなくなってしまっている。

「黒田さんって本当に征隆会の会長だったんだ……」

「ん？　ああ、まあ……元だけどな。今は借金まみれのシケたおっさんだ」

確かにそうではあるのだが――。

何かを言いたいけれどうまく言葉が出ない。自分の知っている黒田が、本当に別人になってしまったような気持ちだった。

「それにしてもおまえ、ひでぇ格好だな。せっかくの美人が台無しだぞ」

言われて自分の姿を見下ろした。

室藤に引き裂かれたシャツはとりあえず羽織っているという状態で、殴られた顔はおそらく痣になっているだろう。案の定、頬に手をやるとずきんと痛みが走った。

「ひどい顔になってる?」

顔しか自慢するところがないのにと自虐すると、黒田が呆れたように笑う。

「大丈夫だ。口のところがちょっと赤くなってるだけだ」

おまえは美人だと頬を撫でられ、慌てて身を引いた。

別に痛いわけではない。黒田に触れられたとたん、体の芯が熱くなった。

「どうしたんだ?」

黒田が訝るような目で覗き込んでくる。目が合うと、また体がずくんと疼いた。

どうしてこんな時にと思いつつも、一度熱を持って疼き始めた体はどんどん熱くなっていく。

「湊?」

「な……何でもないよ」

黒田の顔をまともに見ることができなかった。声すらも媚薬となって耳をくすぐる。

体をじわりと蝕む熱の名は『欲情』だった。おまえを護ってやるというさっきの言葉を思い出せば思い出すほど、湊の中でその気持ちが大きくなっていく。

欲しいと思った。今すぐ黒田の全てが欲しいと自分の本能が叫んでいる。その証拠に、湊の雄がズボンの前を押し上げようとしていた。

「何でだよ……」

無節操にもほどがあるだろうと自分の下半身に毒づき、舌打ちをする。

何とかごまかさなければと目を泳がせた湊は、ふと思い出したように口を開いた。

「あ、そうだ」

「ん？」

「今日返済日」

手を出すと、黒田が訝るように首を傾げる。

「ああ？」

「さっきの千円を差し引いて、利息分十九万九千円と貸してる二百万。黒田さん、今日、耳をそろえて返すって言ってたよね」

「……って、おまえ……今それを言うか？」

本気かという顔の黒田に、湊はいたって真面目に頷いた。

「オレ、金貸しだからね。そこはきっちりしとかないと」

「返せって言われてもな……」

わかっている。黒田は、八野田に湊の件を聞いてここにすっ飛んできたのだろう。走ってきたのか、どう見ても黒田は手ぶらだった。財布を持っていたとしても小銭入れが関の山だろう。

「いつも通り利息だけでもいいよ。手持ちがないんだったら二十万追加融資するし」

追加融資の分で利息を払う。ただし、黒田の借金は二百二十万となり、十日後の利息は二十二万円だ。債務完済はますます遠くなっていく。

壁のデジタル時計にちらりと目を向け、湊は床に散らばっている紙幣を拾い上げた。一枚一枚向きを変え、二十万円を黒田に差し出す。

「どうする、黒田さん。日付が変わるまであと六時間だけど、取りに帰る？　それとも追加融資？」

この金を摑んでくれ。心でそう願いながら二十万円分の紙幣を黒田の目の前でひらひらさせる。

「ねえ、どうする？」

畳みかけるように問うと、黒田がふっと小さくため息をついた。

「じゃあその残りの利息分で俺を一晩買ってくれ」

「え……？」

思わず耳を疑った。だが、黒田は間違いなく自分を一晩買えと言っている。

「買ってくれって……何言ってんの。オレ、さっき千円で黒田さんのこと買ったじゃん」

「そっちじゃねぇよ。護ってやるって方じゃなくて、俺を一晩買わねぇかって話だよ」

そう言った黒田を、湊はまじまじと見上げた。

黒田をセックスの相手として一晩買う。今までさんざん持ち掛けてきた話だ。利息を払えない黒田に、一晩自分に買われろと何度も言ってきた。最初は冗談のつもりだったし、黒田も冗談だと知った上で茶化し、するりとはぐらかしていた。

「おまえ、前に言ってただろう。一時間二万で買ってやるって。だったら十時間、おまえの相手をすりゃ利息分になるだろう？」

「それって、十時間、オレとセックスをするってこと？」

「まあ……そういうことだな」

「それ本気で言ってんの？」

あえて笑い交じりに尋ねると、黒田が肩をすくめた。

「冗談言ってるように聞こえたか？」

「冗談にしか聞こえないんだけど」

「冗談じゃねぇよ。本気で言ってんだ。おまえには全額返すって啖呵《たんか》切ったけど、どうも払えそうにねぇんだ。だから、俺を一晩買ってくれると助かるんだけどな」

ずいと近づいてきた黒田に腰を抱き寄せられた。

「どうだ、買ってくれるか？」

唇が唇に触れようとする。唇が合わさる寸前に、湊は黒田の胸をぐっと押し返した。

「湊？」

「だったら脱いでよ」

「ああ？」

「服、脱いでって言ってんの」

目を丸くした黒田を見上げつつ、湊は言った。

「俺に買ってほしいんだったら、ちゃんと体を見せてもらわないとね。買うか買わないかは、黒田さんの体を見てから決めるよ」

「見てからって、おまえ……」

「オレの気が変わらないうちに早く脱いでよ」

「早く」と急かすと黒田がふっと小さくため息をつく。

「マジかよ……」

ぼやいた黒田が渋々といった顔でシャツに手をかけた。面倒くさげにボタンをひとつまたひとつと外していく。少しずつ露わになっていく肌を眺めながら、湊はうっとりと目を細めた。

四十に近いというのに、黒田の体は湊が想像していた通りだった。筋肉が盛り上がった胸、きれいに割れた腹筋。黒田の体は格闘家のように鍛え上げられている。どちらかと言えば華奢《きゃしゃ》な湊にとって、黒田の体は同じ男として羨《うらや》ましくもあり同時に妬《ねた》ましくも感じた。

やがてボタンを全て外し終わった黒田が、シャツを足元に落とす。

「下もか？」と尋ねた黒田に、湊は首を横に振った。

「下はいいよ。そのまま後ろ向いて」

「湊……」

「いいから、後ろ向いてってば」

せっつくように言うと、黒田がまたため息をつく。

「あまり見せたくないんだがな……」

ぽつりと呟いた黒田は、観念したとばかりに天井を見上げくるりと背を向けた。

「やっぱりね……」

黒田の背をまじまじと眺め、湊は口角を上げた。

きっとそうだと思っていた。黒田はどれだけ夏の暑い日であっても、濃い色のシャツを着ていた。腕まくりはするものの、半袖を着ることもなければ色や生地が薄いシャツを着ることもない。

その理由がここあった。

「絶対背負ってると思ったんだ」

くすっと笑い、広い背に指を滑らせた。とたん、背中の龍がぴくりと震える。

肩から尻、そして大腿部にまで及ぶだろう墨ぼかしの巨大な昇龍。隠しようもなく体に彫られたそれに、湊は本当の黒田を見た気がした。

「根性が入った彫り物だね」

「若気の至りってやつだ。こいつのせいでサウナどころか銭湯にも行けやしねぇ」

「後悔してる？」

尋ねると黒田が「どうだろうな」と肩をすくめる。

「彫るって決めた時に、世間様に背を向けて生きなきゃならねぇだろうなって腹をくったんだ。だから、たぶん後悔はしてない」

『たぶん』と付け足した黒田の言葉に湊はくすっと小さく笑った。

「でも、黒田さんに似合ってるよ」

「似合ってる？」

「うん。だって応龍《おうりゆう》でしょう、それ。何か、黒田さんみたいだなって」

中国初代皇帝である黄帝《こうてい》に仕えていたという神獣。それが応龍だ。黄帝が蚩尤《しゆう》と戦った際、嵐を起こして皇帝軍を勝利に導いた。だが、それによって殺生《せつしよう》を行ってしまった応龍は、神々が住む天界へ昇ることができなくなってしまった。以降、中国の南の果ての霊山、恭丘山《きようきゆうざん》に隠棲しているといわれている。

世間に背を向け極道の世界に入った黒田は、真壁を死なせてしまった後悔からその極道の世界にも背を向けて生きている。湊には応龍とそんな黒田が被るように思えた。

「そんな風に言われるほど大した人間じゃねぇよ、俺は」

「でもオレを助けてくれた」

「湊――」

「合格だよ、黒田さん。黒田さんのこと、残りの利息分で買ってあげる」

そう言った湊は、背後から黒田を強く抱きしめた。器用にベルトを外し、ジッパーを下げる。前をくつろげると、ずっしりした膨らみがそこにあった。

以前、口に含んだ黒田の雄の証。布越しに触れたとたん、それがぴくりと反応する。そのまま亀頭のあたりを撫でると、肉の楔となったそれがぐんと勃ち上がった。

「すごい……もう勃ってきた……」

「おまえが弄るからだろうが」

「でも、気持ちいいでしょ」

言いながら布越しに勃起した性器の形を指でなぞる。裏側の太い筋をゆっくり撫でていくと、黒田の雄はより硬く変化した。

「おまえな……このままパンツの中にぶちまけさせる気か？」

苦笑交じりに言った黒田が前を撫でている手を摑む。くるりと体を反転させられ、正面から抱き締められた。

厚い胸板と、引き締まった腹。そして、真壁にどことなく似ている顔。けれど、見上げた先の黒田の瞳には、真壁にはない獰猛な光があった。強い雄だけが見せる征服欲に満ちた瞳を見ていると、背のあたりがぞくぞくしてくる。

今まで幾人もの男たちにそんな目で見られ続けてきた。力ずくで支配しようとするその目に不快感しかなかったのに、なぜか黒田に見据えられると体が歓喜に打ち震える。

「キスしてよ、黒田さん」

「キスだけか？」

問われて「まさか」と笑った。

「それだけで終わりなわけないだろ」

「だよな」

「利息の残りは十九万九千円だからね。一時間二万円として十時間弱。朝までたっぷり楽しませてもらうよ」

言い終わると同時に、黒田の唇に唇を押し付ける。

返ってきたのは、魂までも貪るような深い口づけだった。

11

　そのまま射精してしまいそうなほどの濃厚な口づけに翻弄されつつも、何とかそれに持ちこたえた。このまま事に及びかねない黒田の体を押し返して、手を引く。訝る黒田をベッドに座らせた湊は、そのまま床に膝をついた。

「湊？」

「オレ、楽しませてもらうって言ったよね？」

　そう言って黒田に足を開かせ、自分はその足の間に体を滑らせる。

　先ほどの軽い愛撫で黒田の性器は勃起したままだった。それを布越しにそっと撫で上げる。

「おい……湊、おまえ――」

「利息分」

　言いながら亀頭に指先を押し付けた。裏筋だけを指で愛撫すると、黒田がふっと吐息を漏らす。低く、だが甘さを引きずるその声に呼応して、下着の中で大きな性器がぐんと反り返った。

「すごいね……ここ、さっきより硬くなってるよ」

　何の模様もないいたってシンプルな下着だが、だからこそ勃起した性器の形がくっきりと浮かび上がっている。くすっと笑った湊は、下着の上からでも深い段差がわかるカリを指で辿った。

そのまま裏筋を撫で、根元までゆっくりと指を動かす。直接の愛撫ではないにもかかわらず、かなり感じているのだろう。性器がびくびくと震えているのが指先に伝わってくる。

「湊……」

布越しの愛撫がもどかしいのか、黒田が眉根を寄せて甘い吐息を漏らした。艶っぽいその声に、気持ちが一気に昂っていく。

「そんな声出されると、黒田さんのこと泣かせたくなってくるよ。何ならオレに抱かれてみる?」

「馬鹿野郎。冗談じゃねえぞ」

苦笑しつつも黒田の声がわずかにうわずっている。やや低めの声は、いつ聞いても湊の心をざわつかせた。

どことなく真壁に似た黒田の声。初めて黒田の声を聞いた時は、本気で真壁がそこにいるのかと思ったくらいだった。

他人だとわかってからも、集金に行くとつい黒田の中に真壁の姿を追っていた。声を聞くたび、姿を見るたびに、黒田の向こう側に真壁を見てしまう。けれど、いつしか黒田の中の真壁ではなく、黒田本人を見ている自分がいた。

「ねえ、黒田さん……もっと声聞かせてよ……」

「ああ……?」

「もっといい声聞かせて……」

黒田の吐息を聞きたい。震える声をもっと聴きたい。黒田の全てを全身で味わいたい――。

「黒田さんを全部オレのものにするからさ……」

言いながら黒田の下着の中に手を突っ込んだ。完全に形を変えている雄の屹立を引き出したとたん、腹の奥がずくっと疼く。

これと同じものを自分も股間にぶら下げている。すでに硬くなりズボンを押し上げているそれの存在に、互いが男同士であることを嫌でも確認させられる。なのに、黒田が欲しくてたまらないと体が要求するのだ。

「黒田さん……」

我慢しきれずカリが張り出した先端に唇を押し付けた。ちゅっと音を立てて鈴口を吸い、そのまま亀頭を口腔に招き入れる。裏筋を舐めると、黒田が吐息を漏らした。艶っぽい喘ぎ声と同時に、口の中で太い竿がびくびくと震える。根元を指で締め付けた湊は、喉のより深いところまで黒田のものを呑み込んだ。

「ん……ん……ぅ……」

口の中から鼻腔へと抜けていく雄の匂いに気持ちがどんどん滾っていく。唾液を絡ませながら喉で亀頭とカリを締め付けると、黒田がまた抑えきれない声を漏らした。ゆっくり揺れ始めた腰に思わずほくそ笑む。

自分の愛撫で黒田が感じている。そう思っただけで股間のものが硬くなる。そのまま抱き締めるように腰に腕を回し、口を大きく開いた。

喉の奥まで突っ込んでくれ――。

そんな湊の要求を察したのか、黒田がぐっと腰を突き上げる。

「う……く……、んんっ……」

喉を擦っていく屹立の大きさに耐えきれず、思わず頭を引いた。ずちゅっと音を立てて黒田のものが口から出ていく。部屋の明かりに照らされた肉の楔を、湊はまじまじと眺めた。

粘度の高い唾液が絡んだそれは、何とも言えない淫らな色に染まっている。肉の色をした雄の証に指を絡めた湊は、うっとりと目を細めた。

「前も思ったけど……黒田さんのって大きいよね……」

今まで多くの男たちと体の関係を持ってきたが、その中でも黒田の性器は群を抜いていた。

大きく横に張り出した亀頭も、高さのあるカリも、裏側に通る太い筋も、何もかもがおまえに最高の快楽を与えてやると言わんばかりだ。真壁もそこそこに大きなものを持っていたが、黒田の性器はさらにその上を行く。

「やめるんだったら今のうちだぞ」

にやりと意地の悪い笑みを浮かべ、黒田が髪に指を絡めてきた。耳朶《じだ》を掠め、頬を撫でる指が唇へと向かう。やがて、ごつごつと節くれ立った男っぽい指が、唾液で濡れた唇に触れた。唇の薄い粘膜を撫でられる感触に背がぞくりと震える。そのまま唇を開いて指を咥えると、黒田が征服欲に満ちた目で見下ろしてきた。

黒田が欲しいと思ったとたん、心と体が一気に暴走を始める。

唇を窄めた湊は、まるで口淫をするように指を吸い上げ、ねっとりと舌を絡ませた。わざと音を立てて指先を舐め、関節を甘噛みする。まるでそれが性器であるかのように唇と舌で愛撫した湊は、黒田を見上げてわざとらしいほど淫靡《いんび》な笑みを浮かべた。

「ここでやめたら黒田さんの方が辛いでしょ？」

黒田を煽っているつもりだった。自分が感じている欲情と同じものを黒田にも感じてほしい。

「だって、ここ、こんなに大きくなってる……」

視線を黒田の屹立に向け、湊は笑みをいっそう深くした。笑いながら立ち上がり、黒田をベッドに押さえ込む。前をくつろげただけの黒田のズボンを下着ごと引きずり下ろし、靴下も脱がせて床に放り投げた。

ベッドに裸体を晒した黒田が横たわっている。筋肉が隆起した胸元に手を伸ばしたとたん、その手をぐっと摑まれた。思わず逃げようとすると、黒田がにんまりと笑みを浮かべる。

支配欲に満ちたその笑みに全身が総毛立った。

「何で逃げるんだ？」

「別に逃げてるわけじゃ――」

「そうか？」

笑みを浮かべたままの黒田に強く手を引かれ、胸の上に倒れ込んだ。黒田の肌の感触、体温、そしてもう染みついているのだろう煙草の匂い。それらが直に伝わり体がかっと熱くなる。

この体に抱かれたい――。

そう思った瞬間、股間に熱が滑り降りた。半ばまで勃起していた性器が一気に反り返り、ズボンの前を痛いくらいに押し上げる。

前の膨らみに気づいた黒田が、そこに手を伸ばしてきた。

「あ……」

布の上から屹立を摑まれ、慌てて腰を引く。だが、逃がさないとばかりに抱き締められ、そのままベッドに押さえ付けられた。

「く……黒田さん……」

「どうしたよ？　俺をおまえのものにするんじゃなかったのか？」

先ほど口にした言葉を揶揄され、口を噤む。勢いに任せて吐いてしまった言葉に後悔したものの、すでに遅しというやつだ。

「俺を買ったんだろう？　何をしてほしいか言えよ」

言いながら黒田がゆっくりと前を愛撫し始めた。布越しに先端から根元へ、その下にある丸い膨らみへ。焦らしているとしか思えない手の動きに、湊は固く目を閉じた。絶妙な愛撫に、どれだけ抑えようと思っても唇から甘い吐息が漏れ出してくる。

「は……ぁ……、あ……」

「どうしてほしい、湊――」

もどかしいだけの布越しの愛撫を与えながら黒田が意地悪く囁く。耳朶にかかる息でさえ媚薬のように体に染み込み、湊は黒田の腕をぐっと摑んだ。

「く……黒田さん……、やり方がエロいよ……」

「おっさんはエロいって相場が決まってんだ」

非難の言葉などものともせず黒田が笑う。

「で、どうしてほしいんだ？　朝まで楽しませてほしいんだろうが」

「どうって……」

楽しませろと言ったものの、何をどうしてほしいのか具体的に口に出すのは何となく恥ずかしい。言い淀んでいると、黒田がいきなり腰を掬い上げた。

「言わねぇなら勝手にやるぞ」

武骨な手が器用にベルトを外し、ジッパーを下げる。湊のズボンを一気に引きずり下ろした黒田は、面倒だとばかりに下着をも毟り取った。

「うわっ……」

下半身だけを素っ裸に剝かれ、慌てて身を捩る。一応の抵抗は試みたが、こんな風にしっかりと腰を抱かれて身動きなど取れるはずもない。

「ちょ……ちょっと待ってよっ！　いきなりそっち？」

「何だ、他にしてほしいことがあるのか？」

「他って……」

「例えばこっちとか――」

にやりと笑った黒田がシャツの中に手を忍ばせる。肌を直接撫でていく手の感触に、湊は唇を噛みしめた。そうしていないと、言葉にならない喘ぎが口から漏れ出しそうになる。

「声、出してもいいぞ」

笑い交じりに言いながら黒田が胸の突起を指先で軽く弾いた。そこから湧き出す甘美な愉悦で、背がびくんと反り返る。

「あっ……あっ……ん……」

酒を注ぐ時は繊細さの欠片もない指が、微妙な動きで快感を煽ってくる。乳首に伝わる甘い疼きは、あっという間に湊の体を熱くさせた。

「は……あっ……」

太い指が乳暈《にゅううん》を撫で、五ミリもない小さな乳首を掠めるように愛撫していく。この指はどうしてこういう時だけ繊細な動きをするのだろうか。弾き、摘み、そしてゆっくりと捏《こ》ねるように乳暈を撫でられては、喘ぎ声を抑えきれないではないか。

硬く尖り始めた先端をまた弾かれ、枕を握りしめた。

乳首への愛撫で完全に勃起してしまった性器が、より強い刺激を求めて震えている。その下にある窄まりもだ。ここのところ誰とも後ろを使うセックスをしていなかったというのに、そこが黒田を求めてひくひくと蠢《うごめ》いているのだ。

乳首への愛撫を止めることなく黒田がもう片方の手を下へと滑らせていく。湊の淡い繁みを掻き分けて屹立しているものは、すでに先走りの露を滲ませ、先端を濡らしていた。

「おまえ、華奢な割にけっこうでかいんだな」

言われてかっと顔が赤くなった。自分のものの大きさには自信があったが、それを黒田に口にされると何とも言えない羞恥心に駆られる。

「そ……そういうこと、言わなくていいしっ……」

「何でだ？　褒めてんだぞ」

先端に指を絡めながら黒田がくすりと笑う。

「ここもいい形だ」

先走りが溢れる先端をつるりと撫でられ、背がのけぞった。たったそれだけの刺激で射精してしまいそうなほどの快感が押し寄せてくる。

「は……あっ……ぁ……」

「先から溢れてるな」

「だ……だから言わなくてもいいって……ああっ――」

ぐりっと鈴口を擦られ腰が跳ねた。

「ちょ……待って……、待って、黒田さんっ……」

「待つわけねぇだろ」

先走りの露を塗り込むように黒田が先端だけをじっくりと撫で上げていく。竿全体ではなく先だけを刺激され、内腿が痙攣した。

「嘘……」

まさかこんな焦らされ方をするとは思いもしなかった。がさつな黒田のことだから、あっという間に挿入をしてガンガン突き上げておしまいだろうと思っていたのに、見事に湊の予想を裏切ってくる。

「あっ……あ……ふっ……、う……」

通常時は半ばまで薄い包皮に覆われている亀頭が、勃起したせいで完全に剝き出し状態だった。普段、外気に触れていない敏感な部分を、黒田が執拗に撫で回していく。

「だめ……だって……、黒田さ……んっ……」

「何がだめなんだ？　まだ楽しんでないだろう？」

確かに楽しませろとは言ったが、こういう楽しませ方をしろとは一言も言っていない。

「エロい……よ……、黒田さん……、そういうやり方って……ああっ——！」

ころりと仰向けに転がされたかと思ったらそのまま乳首に吸い付かれ、体が跳ね上がった。どこもかしこも敏感になっているが、胸もまた性器と同じくらい湊にとって感じる場所だった。それを知ってか知らでか、黒田がそこをねっとりと舐め上げていく。

「う……んっ……、あっ……あっ……」

胸と性器を同時に嬲られ、完全に声が抑えきれなくなった。乳首を舐める黒田の髪に指を絡め、もっとしてくれと言わんばかりに身を捩って腰を振り立てる。

「他にどうしてほしいんだ、湊。後ろに挿れたらいいか？」

唾液で濡れた乳首に息を吹きかけながら黒田が問う。

セックスはもちろんだが、他にしてほしいことがないわけではなかった。自分がしたように、黒田にも口で性器を愛撫してほしい。けれど、ゲイではない黒田にそれはできないだろうと思った。

「あるけど……黒田さん、できないでしょ……」

言い淀んでいると、黒田が訝るように首を傾げた。

「何だ？　何をしてほしいんだ？」

「その……口で……してほしいんだけど……」

言ったとたん、黒田が口を噤む。

やはりできるわけがないのだ。手での愛撫はできたとしても、ゲイではない男が同じ男の性器を口に咥えるという行為に躊躇しないわけがない。

「いいよ。別に無理しなくても――」

かまわない。そう続けようとした瞬間、黒田がのっそりと起き上がった。そのまま体を下にずらし、湊の足の間に滑り込む。

「え……ちょっと……、黒田さん……」

まさかと思った。思った直後に、性器にねっとりとした舌の感触が伝わった。

「あっ……、ああっ！」

じゅぷっと音を立てて先端を吸い上げられ、目を見開いた。黒田の口腔に自分の性器が入っている。口蓋と舌の感触が先端からダイレクトに伝わり、腰のあたりがじんじんと痺れた。

「く……黒田さんっ……だめ——」

拒絶の言葉が途中で霧散する。唇でカリをきゅっと締め付けられ体がのけぞった。硬くなっていた性器が反り返ろうとするが、それを阻むかのように黒田が根元と竿をきつく摑む。

「あっ、あっ、ふ……ぁ……、はぁっ……」

黒田は一言も発することなく唇で性器を責め立てている。聞こえるのは屹立した竿に唾液が絡まる淫らな音と、自分の喘ぎ声だけだ。

男の性器のどこをどう責めればいいのか知り尽くしたような舌の動きに、腰ががくがくと震えた。黒田の舌が露を零す先端を舐め、カリをなぞり、そして唇が竿を搾り上げていく。今まで一度もされたことがないような強烈な口淫の快感に、湊の体は歓喜に打ち震えた。

もっとしてほしい。もっと激しくそこを吸い上げてほしい——。

「ふ……あっ、あっ……、イ……イく……イきそ……、黒田さ……んっ……」

足を開き、黒田の髪に指を絡ませながら腰を揺らす。そのたびに、性器に絡まる黒田の舌により強い快感を与えられた。

「黒田さんっ……、すごいよ……、気持ちいい……」

あまりの快楽に、体が芯から熱くなっていく。耳に届く自身の喘ぎ声さえもが深い法悦となって湊を包み込んだ。

「も……だめ……、イきそ……」

言ったとたん、下腹部が疼いた。射精感がこみ上げてくるが、達してしまいそうになると黒田の舌が愛撫を中断する。じりじりと焦らす口淫に、湊は激しく頭を振り立てた。

「黒田さんっ……、イきたいよ……イかせてよ……」

腹の奥に溜まっている熱を一旦放出してしまいたい。そう黒田に懇願すると、屹立の根元を締め付けていた指が外された。

やっと射精ができる。そう思った直後に、硬くなっている陰嚢《いんのう》を根元からきゅっと締め付けられた。

「え……」

「まだだ、湊――」

にやりと笑った黒田が裏筋に唇を押し付けた。弾力のある唇が、敏感なそこをきつく吸い上げる。

「あ……あ……、は……」

痛み寸前の快感に煽られ、鈴口から先走りが溢れ出た。先端で丸い露となっているそれを、黒田がぺろりと舐め取る。

「あ……はっ……」

もう限界だった。性器を口で愛撫する黒田の姿に最後の熱が腹の奥からこみ上げてくる。

「だ……だめだ……黒田さんっ……、オレ、イきそう……っ」

湧き上がる射精感に体が突っ張った。

「だめだよ……！　黒田さんっ……、もう、オレ我慢できない――」

このままでは黒田の口の中にぶちまけてしまう。利息分だけ楽しませろと言ったものの、黒田にそんなことをするのはやはり躊躇があった。

必死で黒田から逃れようとしたが、しっかりと腰を押さえ付けられて身動きができない。

「黒田さんっ……だめだってっ！　本当に出るっ……！」

どれだけもがいても、黒田は一向に口淫をやめない。それどころか早くイけとばかりに竿を手で擦り上げてくる始末だ。

「あ……ああっ……、は……あっ……ああっ――」

尿意に似たものがこみ上げ、細い精路に快感が走った。開放感と同時に、鈴口から二度、三度と白濁が迸る。濃厚な精液を黒田の口腔に放ちながら、湊は自分の顔を腕で覆った。

黒田の口の中に出してしまった。

口でしてほしいと言ったのは確かに自分だ。けれど、まさかここまでしてもらえるとは思ってもみなかった。

そっと視線を下ろすと、黒田と目が合った。ゆっくり口を開いた黒田が、舌の上に溜まっている白濁を見せつける。それだけならまだしも、黒田はそれをごくりと喉を鳴らして飲み込んだ。

「く……黒田さん……」

「初めて飲んだが、あんまりうまいもんでもねぇな」

唇の端に残るそれを指で拭いつつ黒田がにんまりと笑う。まさかの連続で茫然としていると、黒田の腕の中に抱き込まれた。

「どうした？　こうしてほしかったんじゃねぇのか？」

確かに口での行為は望んでいた。だが、ここまでは望んでいなかった。

「黒田さんって、やっぱりゲイだったんだ……」

湊の呟きに、黒田がむすっと唇を曲げた。

「やっぱりって何だよ、やっぱりって」

「だって……ゲイじゃないんだったらこんなことできるはずないし……」

「別に男専門ってわけじゃねぇけど、男が抱けないわけじゃないぞ」

つまりバイセクシャルということなのだろうか。男を抱いたことがあるのなら、先ほどの行為も納得できる。

「なぁんだ……やっぱり黒田さんと真壁さんって恋人同士だったんじゃん……」

「ああ？　何で話がそっちに行くんだよ？」

「だってさぁ、黒田さんは男も抱けるわけだし、真壁さんはゲイでしょ。真壁さんは黒田さんみたいなごつい男がタイプみたいだったし。だったらただの友達なんかじゃなくて、恋人同士だったって言われても納得できるなって……」

　付き合い始める前、真壁はいつも体の大きな男ばかりを誘っていた。まさに黒田のようにがっしりとした、少し危険な雰囲気の男と好んで関係を持つ。男くささからは程遠いところにいる自分を誘ってくれた時はいったい何の冗談だと思ったくらいだった。その真壁の恋人が黒田だと言われても何の不思議もない。

「そっか。そうなんだ……恋人同士だったんだ……」

「あのな……そこで勝手に納得してんじゃねぇよ……」

「心配しなくてもいいよ。黒田さんがタチだろうがウケだろうが、オレ、別に気にしないし」

「だからっ！　そうじゃないっつってるだろうがっ」

　湊の言葉に黒田が全力で否定する。うんざりした面持ちで肩を落とした黒田は、のっそりと体を起こすとため息交じりにぽつりと言った。

「真壁はな……駿一は俺の弟なんだよ」

「え？」

今、黒田は何と言った？

思わず聞き返すと、黒田が不機嫌そうに唇を曲げた。

「弟」

「えっと……弟？　え……？」

「だから、あいつは弟なんだって」

弟――。

黒田の言葉を頭の中で反芻し、湊は口をぽかんと開けた。

「腹違いでも何でもねぇ。あいつは正真正銘俺の実の弟なんだよ」

衝撃の事実に頭が真っ白になる。黒田をまじまじと見つめ、湊は次の句を必死で探した。

「え……でも、ちょっと待ってよ。弟って……じゃあ何で苗字が黒田と真壁って……」

「親が離婚したんだよ。俺は親父の姓のままで、あいつはお袋の姓を名乗ってる。だから苗字が違ってるんだよ」

「嘘……」

「嘘じゃねぇよ」

「……マジで？」

「ああ、マジだ。大マジだ」

いたって真面目に返事をする黒田を、湊は茫然と見上げた。

腹違いでもなければ、義理でもない。黒田の言葉を信じるならば、二人は間違いなく実の兄弟ということらしい。

目を逸らした黒田が居心地悪そうに頭を掻いている。その黒田に湊は改めて目を向けた。

最初は声が似ていると思った。姿を見た時も何となく被るものがあったが、それは突然逝ってしまった真壁の姿をつい他人に求めてしまう自分の勘違いだと思っていた。

兄弟だと言われてみれば、確かに二人は面立ちも背格好も似通ったところがある。だが、黒田と真壁とでは決定的に違う部分があった。

黒田は闇社会に属しているのに太陽のように輝いて見える。一方、真壁は一般社会に属しているはずなのに闇に浮かぶ月のように冷たく凛《りん》としていた。全く相反するものを持つ二人の男が血の繋がった兄弟だと言われても、にわかに信じがたい。わずか数年とはいえ真壁と暮らしていた湊でさえ、知らされた事実に驚愕していた。

「そんな……嘘だろ……」

「さっきから嘘じゃねえっつってるだろうが。嘘じゃねぇから困ってんだよ、俺は」

「困ってるって……何で?」

「だからだな……俺がおまえとこういうことになると絶対にまずいって思っててだな……」

自分がかつての恋人の兄であることに湊は全く気づいていない。気づかないまま集金にやってくるたびに誘いの言葉を口にする湊に、戸惑いを感じていたと黒田は言った。

「おまえは駿一の恋人だったんだぞ。なのに集金に来るたびに誘いやがって、俺がどれだけ必死で我慢してたと思ってんだ」

「黒田さん、我慢してたんだ？」

尋ねると、黒田が不機嫌そうに顔をしかめた。

「当たり前だろうが。目の前にむしゃぶりつきたくなるような美人がいて、そいつが誘ってんだぞ。食わなきゃ男の恥だろうが」

「だったら我慢してないで、オレのこと食っちゃえばよかったのに」

「馬鹿野郎。死んだ弟の恋人に手なんか出せるか。いくら俺の下半身が節操なしでも、おまえの誘いにほいほい乗るわけにいかないだろう」

誘いに乗るわけにはいかないも何も、たった今黒田は湊の誘いにほいほい乗って、キスだけにとどまらず口淫までしたではないか。おまけに吐き出した白濁をためらうことなく嚥下したのはどこの誰だ。

喉まで出かかったその言葉を呑み込み、湊は黒田を見つめた。

最初こそ冗談で黒田を誘っていた。体を売れと迫るたびに嫌な顔をする黒田をからかって楽しんでいた部分はある。けれど、その冗談はいつの間にか本気になっていた。

からかいつつも、もしかすると黒田が誘いに乗ってくれるかもしれない。その時は、抱かれてもいいと本気で思っていたのだ。

「黒田さんと真壁さん、本当に兄弟だったんだ……」

改めて口に出すと、何やら気が抜けた。時間差があるとはいえ、血の繋がっている兄と弟の両方に惚れてしまった自分の一貫した好みに呆れてくる。だが、それと同時に、何やらほっとしている自分がいた。

「よかった……」

思わず心の声を口にすると、黒田に訝るような目を向けられた。

「よかったって、何が？」

「だって、黒田さんと真壁さん、恋人同士じゃなかったわけでしょ。別に二人ができてたってかまわないんだけど、黒田さんたちが絡んでる姿を想像すると、何か複雑っていうか……まあ、それはそれでいい感じだとは思うんだけど」

言ったとたん、黒田が苦虫を噛み潰したような顔をする。

「おまえな……気色の悪い想像させせんなよ……」

「そう？　オレはけっこう好みだけどな。だって黒田さんってイく時すごく色っぽい顔するんだもん。さっきだって――」

言いながらそっと黒田の下腹に手を伸ばした。

引き締まった腹の下で、雄の楔が半ばまで勃ち上がっている。硬いままのそれを手で包み込むと、びくんと腹に向かって反り返った。手に弾力が伝わり、達したばかりの体がまた疼いてくる。

心以上に体は正直だと思った。たとえ黒田と真壁が兄弟だと知っても、湊の本能がこの体を欲しがっている。

「さっきの黒田さん、すごくいい顔してた……」

「さっきっていつだ？」

屹立を自由にさせながら黒田がひっそりと囁く。耳にかかる息でさえ愛撫のように感じ、湊は体を震わせた。

萎えていた性器が黒田の声ひとつで勃ち上がっていく。まだ射精していない黒田もまた、勃起している性器をより硬くさせていた。

「黒田さん……続き、してよ」

大きな亀頭を、太い竿を手で擦りながら黒田に体をすり寄せる。足を黒田の足に絡ませた湊は、自分の屹立を黒田の屹立に押し付けた。

「ん……ぁ、あ……ぁ……」

裏筋に黒田の亀頭が当たる。快感を追うように先を擦り合わせると、黒田がそれに応えるように大きな手でふたつの性器を包み込んだ。

ズッと包皮をずらすような手淫に、喘ぎが漏れる。剝き出しになった互いの先端が擦れ合い、もどかしいような快感に包まれた。

「はぁ……あ……、う……ぅ……」

黒田が手を動かすたびに快楽の信号が脳に叩き込まれる。もっと感じろと言わんばかりの手淫は、湊の若い体をあっという間に暴走させた。

黒田の亀頭が裏筋を擦っていくと先端から露が滲み出す。滑《ぬる》ついたそれをローションの代わりにして、黒田は同じ場所を執拗に責め立てた。

「あ……あ……んっ、黒田さ……んっ……、もっと……して……」

絡めた足に力を入れ、湊は黒田に縋り付いた。じわじわと押し寄せてくる快楽の波に、またもや体が熱くなっていく。勃起している性器はもちろん、乳首や、全く触れられていない後ろの窄まりも黒田を求めて疼く始末だ。

「もっと……」

「もっと、何だ？」

意地悪く尋ねられ、じろりと黒田を睨んだ。自分の目はきっと情欲に濡れているに違いない。案の定、見返してきた黒田の目は笑っていた。

「もっとどうしてほしいか言えよ、湊」

言わなくてもわかっているくせに、黒田はあえてその言葉を引き出そうとする。そういう風に煽られると、つい憎まれ口を叩きたくなってくるのは自分の悪い癖だ。

「利息分……」

呟きに黒田が「ああ？」と首を傾げた。

「オレが欲しいのは、利息の残り、十九万九千円分のセックスだよ、黒田さん……」

黒田の答えが「わかった」だったのか、「馬鹿野郎」だったのかよく聞き取れなかった。だが、直後に与えられた口づけは、きっとその両方を意味していたのだろう。

黒田の唇に唇を覆われ、思わず眉根を寄せた。

鼻腔に抜けたのは、精液の匂いだ。さっき自分が放ったものを黒田が嚥下した。その名残が口にとどまっていたに違いない。口移しで自分の精液を味わわされる倒錯感に、心の奥底にある被虐心を揺さぶられた。

レイプのような酷いセックスが好きなわけではない。けれど、激しいセックスは好きだった。強く抱き締められ、押さえ込まれ、体がばらばらになってしまうような激しさで抱かれていると、たまらない快感に包み込まれる。

湊が自分より体の大きな男を選んでいたのは、この要求を満たしてくれるからだった。

自分のような細身な男が嫌いなわけではない。少年めいた細い体も好みではある。けれどそれでは味わえない特別な快感をこういった男たちは与えてくれた。今まで付き合ってきた男も、真壁も。そしておそらく黒田もだ。

「んっ……ぅ……、ふ……」

その黒田の舌が口腔を好き勝手に蹂躙している。口蓋を撫でていく柔らかな肉の感触は、蕩けるような快感となって下腹を疼かせた。むろん、黒田の手は性器をずっと愛撫し続けている。完全に硬くなった肉茎は、今にも爆ぜて先端から蜜を吐き出してしまいそうだった。

やがて口腔を嬲っていた黒田の唇がゆっくりと離れていく。同時に、性器を包み込んでいた手も去った。

「湊、他にしてほしいことはあるか？」

黒田の問いに応えることなく、湊は絡めていた足を開いた。膝裏を自分で抱え上げ、腰を浮かせて黒田を誘う。

淫らな格好だと思った。性器はもちろん、後ろの窄まりをも黒田に晒している。何もかもを黒田に見られていると思っただけで下半身が疼いた。きっと、後ろは黒田を求めていやらしく蠢いているに違いない。

「黒田さん……」

指に唾液を絡ませた湊は、閉じたままの窄まりをそっと撫でた。

真壁がいなくなってから三年。自慰はしていたものの、ここに触れるのは久しぶりだった。室藤たちにレイプされたのを除けば、その間真壁以外には触れさせていない場所だ。それを、黒田の前にさらけ出している。

「挿れてよ、黒田さん……」

言いながら狭いそこに指を挿れた。唾液の滑りを借りて、窄まりは簡単に指を咥え込んでいく。

半ばまで挿入し、ズッと引き出す。指での摩擦でそこからたまらない快感が湧き出した。

「あ……あっ……、あっ……」

自分で後ろを嬲りながら喘いでいる。それを黒田が無言で見下ろしている。黒田は呆れているだろうか。そっと目を開けて窺うと、見えたのは嗜虐的とも言える笑みを浮かべる黒田の顔だった。

猛獣のような目だと思った。自分をこれから食い荒らそうとする肉食獣の目。怖いのにそこから目を背けることができない。それどころか、いっそう黒田を誘うように湊は後ろに挿入していた指を動かした。

激しい刺激で中から分泌されてきたのか、唾液以外の粘度のある液体が指に絡む。ぐちゅぐちゅと水っぽい音を立てるその場所を、湊は激しく掻き回した。

「ん……、あっ……あ……」

やがて柔らかくほぐれてきたそこに二本目の指を挿入する。中指と薬指を根元まで押し込み、肉壁を押し上げようとした瞬間、その手を黒田が摑んだ。

「おまえな、俺がいるのにひとりでやるこたぁねぇだろう」

くっと唇の端を上げた黒田がこれ以上の自慰を止める。ずるりと指を引き出すと、少し広がった孔から白っぽい液体が流れ出た。

「ローションあるか――って、別に要らねぇか」

尻の割れ目を伝い流れてシーツを汚しているそれを眺めながら黒田が笑う。確かに充分すぎるほど中はほぐれているし、唾液と分泌液で濡れてもいる。だからといってそのまま黒田のものを受け入れられるかというと、それはまた話が別だった。

人並み以上の太さと長さのある黒田のものを、潤滑剤なしで受け入れられるほど自分のそこは広がっていないと思う。

「使ってよ……痛いの嫌だからね、オレ」

寝転がったままベッドの脇にある棚に手を伸ばした。一見するとただの整髪剤に見える青いチューブは、自慰の時に使っているジェル状のローションだ。粘度が高く乾きにくいという特性もあり、重宝している。

キャップを外し、中からジェルを搾り出す。透明なそれを自ら尻にたっぷりと塗り付け、湊は黒田を見上げた。

「先に言っとくけど、後ろを使うの久しぶりだから」

「何だ、優しくしろってか？」

「まさか」

即答すると黒田がにやりと笑う。

「利息分――か？」

そう言った黒田に、湊は目を細めてほほ笑んだ。

「オレが気持ちよくなるまでイかせない。オレより先にイったら、オレが黒田さんに突っ込むから、覚悟しておいて」

＊＊＊

覚悟しておけという言葉を口にしたことを、湊はわずか数分後に後悔した。

覚悟するのは自分の方だった。

自分でしたこととはいえ、先に指で後ろを刺激してしまったのがよくなかったのかもしれない。ころりと俯せに転がされ、濡れた場所にあてがわれた。大きなそれが狭い場所をこじ開けた瞬間に、頭の中が真っ白になった。気がつけば、シーツに白濁をぶちまけていた。

「あ……あっ、ちょ……待って……、待って、黒田さんっ……」

達したばかりの中を揺さぶられ、慌てて逃げを打った。だが、抵抗も虚《むな》しく腰を摑んで引き戻され、ずんと奥を突かれる。肉壁を抉られるような感覚に、思わず息を呑んだ。

「う……く……ぅ……、ああっ——！」

浅いところをぐりぐりと押し開きながら黒田のものが入っていく。黒田を受け入れた淡い色の窄まりは、限界までその輪を広げられているに違いない。

「は……ぁ……あっ、あ……うぅ……」

半ばまで挿入したかと思えば、抜け落ちる寸前まで一気に引き出される。張り出したカリで肉の襞を引っかけられ、快感のあまり背がのけぞった。

「ああっ……あっ！　う……ぅ……あっ、あっ……！」

「湊、暴れるなよ」

逃げ出さないように両手を掴み、ずくずくと肉壁を押すように黒田は腰を蠢かす。激しい抜き差しではなく、快楽の源に細かい振動を与えるような動きに全身が震えた。摩擦による快感ではない。前立腺やその奥をゆっくり抉られ、体の中がじんじん疼くのだ。

「は……あっ、あっ……、も……イきそ……」

大きな亀頭が肉壁の同じ個所を何度も何度も擦り上げていく。黒田が腰を動かすたびに、たまらない絶頂感に苛まれて眦《まなじり》から涙が溢れ出た。

「黒田さ……ん、それ……、だめ……だ……って……、イく……イく……、あ……ああっ――」

またもや肉壁をぐりっと抉られ、拳を握りしめた。同時に勃ち上がった性器の先端から白濁がしたたり落ちていく。

「あ……あ……、もう……無理……、無理……」

もう何度目だろうか。心地よい射精はまだ一度もしていない。なのに、黒田のもので中を掻き回されるたびに、白濁が搾り出されるように零れ落ちていくのだ。

「待って……黒田さん、お願い……」

「朝までだろう。まだ一時間も経ってねぇぞ」

背後から湊の体にのしかかった黒田が、笑いながら深い場所を押し上げ始めた。根元まで挿入されたせいで亀頭がより奥へと入り込み、中の小さな肉の輪を広げていく。

「う……、あっ……そこ、だめっ、だめだって……！　イったとこだから……、イったばっかりだからだめだってっ！」

必死で身を捩ってみたものの、黒田の大きな体に押さえ込まれては逃げることもできない。両手をがっちりと押さえ付けられた上での背後からの突き上げに、湊はただただ翻弄された。

大きな性器は、窄まりを押し広げて根元まで入り込んでいる。反りのある先端が奥の方にある少し狭くなっている箇所を出入りするたびに、脳が痺れるような法悦に満たされた。

きっと黒田はセックスがうまいだろう。ヤクザは女を体で縛ると昔から言われているが、黒田もそうに違いないと思った。与えられる口づけや、愛撫だけでもその片鱗が窺える。そして、挿入された直後に自分の予感が予感だけではなかったと確信した。けれど、その予感が当たったことを喜んだのはほんの束の間だった。

「も……お願い……、黒田さん……、ちょっと休憩……」

体の奥深い場所に黒田を受け入れながら、湊はそっと後ろを振り返った。先ほどから幾度となく訪れている絶頂感で、足が攣りそうになっている。太腿もふくらはぎも、筋肉がこわばってぱんぱんだ。

「ね、黒田さん……、ちょっとだけ――」

休憩をしようという言葉は途中で嬌声に変わった。奥に入り込んでいたものがずるりと引き出され、再び奥へと挿入される。その摩擦でまた絶頂感が訪れた。もう出ないだろうと思っていたのに、半透明になりつつある白濁がまたもや先端からしたたり落ちる。

「あ……あっ……、ふ……あぁっ……」

耳に届く自分の喘ぎに煽られ、体が震えた。そのせいでいっそう中に入っている黒田の存在を感じてしまい、また絶頂する。

「ああっ――！　あ……あ……ぅ……」

萎えてしまった性器から白濁がぽとりぽとりと落ちていく。後ろだけで迎える絶頂感は、全く終わりの見えない快楽だった。

黒田のものが中に入っている限り、これが継続すると思って間違いない。一向に射精する気配もないそれは、湊の中に刺激され挿入前よりもより硬くなっているように感じた。

「他にどうしてほしい、湊――」

湊の体を横抱きに抱えつつ、黒田が囁く。後ろから片足を抱えられた状態で奥を突かれ、湊は激しく頭を振った。抱擁から逃げようと暴れてみたものの、胸に回された手は全く解けない。それどころか、暴れたせいで肉の楔に中を抉られて無駄に快感が増しただけだった。

「あああっ……あっ、あっ、は……ぁ……あっ……も、嫌だ……ぁ……」

数年ぶりの男との本格的なセックスに少しばかり期待をしていたが、その期待はある意味裏切

られたと言っても過言ではないだろう。残念なセックスではない分いい意味で裏切られたのかもしれないが、この激しさと濃厚さは想定外だ。

「まだイけるだろう、湊。してほしいことがあるなら言えよ」

黒田の意地悪い囁きも、耳を素通りしていく。してほしいことなどもう何もない。しいて言うなら、後ろの刺激からではなく前を擦って心地よい射精がしたいくらいだ。

「俺は一時間二万なんだろう。二十万まであと九時間もあるぞ」

「く……九時間……？」

自分が言った言葉を揶揄され、湊は顔を引き攣らせた。冗談ではない。あと九時間もこんな責めを味わわされてはたまったものではない。焦ってじたばたともがくと、きゅっと乳首を摘まれた。

「は……ああっ……」

先ほどさんざん弄られたせいで敏感になったそこを、黒田の指が捻るように摘まむ。伝わってきたのが痛みなのか疼きなのか、湊にはもうわからなかった。ただ、黒田を呑み込んでいる場所と乳首の快感は直結しているように思えた。

黒田の指が尖った乳首を捏ねるたびに、後ろの窄まりがひくひくと蠢く。すると、中に入ったままの楔に肉壁を刺激され、またもや射精感がこみ上げてくるのだ。

「あ……あ……、イく……イく——」

突然キンッと耳鳴りがし、一瞬音が消えた。尿道を刺激しながら、温かなものが通り抜けていく。迸ったのは半透明になりつつある液体だった。薄められた精液が湊の脇腹を伝ってシーツのあちこちを濡らしていく。

快感のあまり、喘ぎ声を上げることもできなかった。呼吸すら苦しく、目を見開いて口をぱくぱくと開く。全身に玉の汗を浮かかした湊は、背中から黒田の胸に倒れ込んだ。

「も……死ぬ……」

あまりの快楽に、本気で死んでしまうのではないかと思った。今もそうだ。絶頂したのに、まだ足りないと言わんばかりに黒田の楔を咥え込んでいる場所が淫らに蠢いている。

「そんなに締めるなよ、湊。イっちまうだろうが」

「イってよ……、ていうかもうイけよっ……遅漏かよっ……」

悪態をついたとたん、奥をずくっと突かれた。訪れた快感に、体が激しく痙攣する。

「あぁっ……ぅ……、く……あああっ」

「おまえがそうやってイきまくるから、ちっともイけねぇんだよ」

意地悪げに笑いながら黒田が背後から腰をゆらゆらと揺らす。ほんのわずかな刺激でさえも快感となり、またもや半透明の露が鈴口からしたたり落ちた。

「ふ……あ……ぁ……、ああっ……そこ、だめ……だめだって……黒田さんっ……」

「そこってどこだ？」

わかっていながら尋ね、黒田はわざと快感の源を押し上げる。足をがくがくと震わせた湊は、手近にあった枕をきつく摑んだ。

「湊、どこがいいんだ？」

耳元で囁く黒田の声が甘く掠れている。その荒い吐息交じりの低い声に、体が制御不能に陥った。腰骨が溶けてしまいそうな快感に、何もかもがどうでもいい気分になってくる。黒田を受け入れている中もきっと蕩《とろ》けきっているのだろう。黒田が腰を押し引きするたびに、ぐちゅぐちゅという湿った音が耳に届き、中から溢れたジェルや分泌液が腿を伝い流れた。

「湊――」

また名を呼ばれ、そろりと後ろを振り返った。

見えたのは黒田の顔だった。眉骨が高い男っぽい顔は、見れば見るほどかつての恋人によく似ている。

「やっぱ……似てる……よね……」

「ああ？」

「黒田さんと真壁さん……こうしてると……兄弟なんだなって――あ……あぁっ――！」

最後まで言わせることなく、黒田がいきなり激しく腰を叩きつけた。湊をベッドに全身で押さえ付け、円を描くように腰を蠢かせる。

「え……ちょっと……、何でっ……？」

「馬鹿野郎。駿一と俺を比べてんじゃねぇぞ」

ふんと笑った黒田が腰を大きくグラインドさせた。熟れた中を硬い肉の楔でぐるりと掻き回され、背が反り返る。

「あっ……、はっ……、黒田……さ……んっ、違……あぁっ……」

別に比べたわけではない。二人とも顔が似ている。そう言いたかっただけだ。

「違うっ……そんなこと……あっ、ああっ……」

先端が反り返った硬い性器が奥の肉壁を抉っていく。ぶつけられる硬い欲望は、快感という名の熱となって湊の体を苛んだ。

「あ……ぁ……、黒田……さ……ん……、あ……ふ……ぅ……、ああっ……」

「なあ、湊。おまえ、駿一を忘れられねぇか?」

ふいに尋ねられ返事に窮した。黙っていると、黒田がずるりと楔を抜いた。

「湊──」

名を呼びながら黒田がうなじに唇を押し付けてくる。くすぐったさを伴う快感に、背中のあたりが疼いた。ぞくぞくしたそれがまた新たな法悦となって、さっきまで黒田を受け入れていた場所へと降りていく。

「だったら……約束してよ……」

「ああ?」

「そんなこと言うんだったさ……オレの側から離れないって約束してよ……」

「湊——」

「中里のところにも戻らない。どこにも行かないって言ってよ……そしたら……オレ、真壁さんのこと、忘れてもいいから——」

喘ぎ交じりの答えに返されたのは、困惑気味のため息だった。

「馬鹿野郎。心配しなくても、駿一を忘れろなんて野暮なことは言わねぇよ」

違う。そうではない。真壁を忘れるとか忘れないとかではないのだ。湊が望んでいるのは、そんなことではない。ただ黒田に側にいてほしい。それだけだ。

「黒田さん……やっぱり戻るつもりなんだ……」

ぽつりと呟くと、きつく抱き締められた。背中に黒田の鼓動が伝わってくる。

「湊——」

再び名を呼んだ黒田が耳に唇を寄せてきた。耳朶を唇で挟みつつ、そっと囁きかけてくる。

「俺はおまえに金を返し終わったら征隆会に戻る。中里にそう約束した」

やはり——。

その言葉を呑み込み「わかってるよ」と頷いた。これに関しては、自分の我が儘は通らない。

もう一度「わかってる」と呟き、ため息をついた。そのまま起き上がろうとすると、黒田がぐっと腰を抱き寄せる。

「話は最後まで聞けよ」

　そう言った黒田が意味深な笑みを浮かべた。

「……黒田さん？」

「そういうわけだから、おまえは俺をしっかり金で縛っとけ」

「え……？」

「俺を金でがんじがらめにしろ。一生かかっても返せない借金を背負わせとけ」

「黒田さん……」

「おまえ、金貸しなんだろう。エグい取り立てで有名な『ポートファイナンス』の社長だろう。俺をカモにするくらい屁でもねぇだろうが」

　にやりと笑った黒田に、湊は無言で首を縦に振った。何度も、何度も首を縦に振る。

「……カモにしてやるよ、黒田さん」

「ああ、そうしろ」

「一生金を毟り取ってやるからね……」

　離さない。どこへも行かせない。誰にも渡さない――。

　腰を抱いている黒田の手に、湊は自分の手を重ねた。

「黒田さんはカモだよ……だから、オレの池で一生飼ってあげる……」

「そうか」と笑った黒田が、硬いままの楔をあてがった。再び入り込んできたそれに熟れきった中を抉り回され、湊は嬌声を上げた。

「あっ、ああっ……、はっ……、ああっ……」

「なあ、湊、どこがいいか言えよ」

円を描くように腰を揺らしつつ黒田が問う。

「遠慮しなくていいぞ。どうせ金のねぇカモはこれくらいしかできねぇからな」

湿った音を立てながら黒田の屹立が出入りする。肉襞をカリに引っかけられ、足が突っ張った。たまらない快感だった。

「あっ……あっ、い……いい……、そこだよ……今当たってるところが気持ちいい……」

奥の方も気持ちいいが、浅いところをじっくりと擦られると泣きたくなるような喜悦に満たされる。湊の希望通り、黒田はそこだけをゆっくりと責め始めた。

「あ……あっ、あっ……あっ、すごい……すごいよ……黒田さんっ……」

じわりと押し寄せた快楽に、眦から涙が零れた。肉を打つ音と粘液が絡まる湿っぽい音が、湊の羞恥心をより揺さぶってくる。

耳に届く黒田の息が荒い。そろそろ限界に来ているのだろう。獣のような喘ぎに合わせるように、肉の輪を擦る動きが早くなっていく。

「あっ、あっ……、ふっ……ぅ……、んっ……んんっ……！」

喘ぎ声を漏らすと、ずるりと抜き出された肉の楔がまた奥に収められた。熟れた肉壁を擦られる快感は、この上ない歓喜となって湊の体を駆け巡った。

「イく……ああっ、イく……ああああっ——」

嬌声と同時に、またもや精路を擦りながら薄い白濁が迸る。もう何度目なのか数える気もしなかった。とろとろと押し出されるように溢れるそれが、シーツのあちこちに零れ落ちていく。体を痙攣させた湊は、深い場所で繋がり合ったまま黒田の胸に背をもたれさせた。

「なあ、湊……」

湊の快感を直に受け取っているのだろう。湊を呼ぶ黒田の声が情欲に濡れてますます掠れている。

「駿一のことは忘れなくていい。ていうか、あいつのことはずっと覚えておいてやってくれ」

言われなくてもわかっている。さっき黒田にはああ言ったが、真壁を忘れられるわけがない。

「わかってる……わかってるよ……」

「ただ、な——」

ただ——。

ただ、何なのだろうか。

「今は俺の方だけ向いといてくれると嬉しいんだけどな……」

言うと同時に黒田がずるりと楔を抜いた。肉の輪を擦られる快感を味わう間もなく、仰向けに転がされて膝を抱え上げられる。

「く……黒田さん……？」

顔を上げると、真正面に黒田の顔が見えた。複雑な表情をした黒田は、まるで照れ隠しのように楔を湊の窄まりにあてがった。

ずぶりと挿入され、膝が震えた。肉茎が熟れた中を裂くように開いていく。

「あ……あ……あっ……！」

ゆっくりと押し入ってくる黒田を、肉襞が貪欲に貪り喰らう。黒田が体を前後に揺らすと、肉を打つ音が聞こえた。黒田の背中の龍も動きに合わせて躍っているに違いない。

「あ……あ……、う……、あぁっ……」

黒田を呑み込んでいる部分が苦しい。何度も受け入れているはずなのに、黒田のそれは先ほどより嵩を増しているように感じた。

「あっ……う……、あ……んっ……」

さらに奥を突かれ、がくんと喉をのけぞらせた。もう耐えられない。なのに、湊の体は黒田が欲しいと貪欲なまでに要求してくる。

「なあ、湊……俺を見ろよ……今だけでいいから……」

言われるままに目を開けると、正面に黒田の顔が見えた。

好きな顔だった。整った鼻梁《びりょう》も、薄い唇も、時折獰猛な光を宿す瞳も、黒田の顔の何もかもが好きでたまらない。

「あ……あ……、黒田さ……ん、もっと……」

「もっと、何だ……？」

「もっとして……もっと——」

懇願の声はより激しくなった音に掻き消された。肉を打つリズミカルな音と、黒田のこらえきれない喘ぎ。それに自分の嬌声が重なり、湊は背を震わせた。黒田のもので肉の輪を擦られ、快感が全身に広がっていく。

「イく……黒田さん……オレ、またイきそ……」

「ああ……俺も……、もう……イきそうだ……湊……」

大腿部に黒田の指が痛いくらいに食い込んでいる。黒田の興奮をそんなところで感じた。

「う……ぉ……」

ふいに激しかった動きが止まり、黒田が短い咆哮《ほうこう》を上げた。龍を背負った黒田の広い背中が、引き締まった尻が、絶頂の快感でびくびくと痙攣している。それに合わせるように、湊の中に入っている黒田の屹立も震えていた。きっと奥深い場所に白濁を注ぎ込んでいるのだろう。

黒田が自分の中で果てた。そう思ったとたん、たまらない快感に満たされる。

言葉にならない嬌声を上げながら湊は体を痙攣させた。

射精はしない。けれど、腹の奥から湧き出す熱は、紛れもなく絶頂感だった。

12

全身を汗で濡らしながら、湊はぼんやりと天井を見つめた。

狭いベッドの隣には、同じように汗にまみれた黒田が横たわっている。先ほどまでの浮かされたような熱がようやく冷めたのだろう。時折腕に触れる互いの肌は少し冷たくなっていた。

そのまま視線だけを動かすと、床に段ボール箱が転がっていた。さっき室藤たちが押し入れから引っ張り出してきた箱だ。ガムテープが剝がされ横倒しになったそれから、輪ゴムで束ねた札束が転がり出ている。それだけではない。床のあちこちに一万円札が散乱していた。

この一万円札の製造原価は五十円にも満たない。その五十円以下の紙切れを人は奪い合い、そして殺し合う。金の価値とはいったい何なのだろうか。考えれば考えるほど馬鹿馬鹿しくなってくる。

先ほどからずっと心に渦巻いているのは、複雑な感情だった。

貧困の中で喘ぐ辛さを身に染みて知っている。食べる物にも困る生活の中で、湊が信じられるのは金だけだった。金しかなかった。だが、その金もまた万能ではないと思い知らされた。

室藤からの自由は金では買えなかった。金は真壁も護ってくれなかった。それどころか、命を奪う原因となった。信じていたものは、大切な時に役に立たない。一方的な暴力の前に、原価が五十円にも満たない紙切れは、何の役にも立たないのだ。

「もう……何もなくなっちゃったな……」

金すら信じられなくなった今、自分の心のよりどころは何もない。全てなくなってしまった。

湊の呟きに、黒田が「どうした」と肩を抱いてきた。

「さっきから何をぶつぶつ言ってんだ？　何か失くしたのか？」

失った何かは目に見えないものだ。だからこそ、喪失感がこんなにも大きいのかもしれない。

「湊？」

「信じてたものをね……失くしたんだよ」

そう答えると、黒田が訝るように首を傾げる。それに曖昧な笑みを向けた湊は、黒田の胸に頭をもたれさせた。

汗の匂いと、黒田に染みついている煙草の匂い。そして互いが放った濃厚な雄の匂い。それらを感じながら、黒田に体をすり寄せる。汗ばんだ体の冷たさが、火照った頬に心地いい。

「黒田さん……」

腰に腕を回すと、唇に黒田の唇が合わさった。黒田らしからぬ啄むような優しい口づけに、思わず苦笑する。

セックスをした後の黒田は、いつもこんな風に優しいのだろうか。黒田と二度目があれば、それもわかるのかもしれない。

くすくすと笑う湊を、黒田は相変わらず訝るような目で見ている。それに「何でもない」と笑みを返し、湊は言った。

「気持ちよかったよ……黒田さん」

「ああ……俺もだ」

「あのさ……オレ、さっきあんなこと言っちゃったけどさ、真壁さんのことは忘れられないと思う……これからもずっと。忘れようと思って忘れられるもんでもないし……」

「そうか」

忘れられるわけがない。むろん、忘れるつもりもない。真壁も、真壁と過ごした日々も、湊の心の中に残っている。けれど——。

「でも……黒田さんもオレの中にいるんだよね」

ぽつりと呟くと、黒田が驚いたような目を向けてきた。

「あ、えっと、別に黒田さんが真壁さんのお兄さんで、二人が似てるからとかじゃないよ。黒田さんを真壁さんの代わりにしようとか、そういうのじゃなくてさ……何て言うんだろう……」

言葉を探すように目を泳がせ、湊はまた黒田を見つめた。

「今だけじゃなくてさ……これからも黒田さんの方を見てたいかなって……」

「湊——」

真壁のことは忘れない。心の中に真壁はこれからもずっと存在し続けるだろう。だが、それと同時に湊には今も必要だった。これからの人生を生きていくために必要な『今』が――。

そして、その『今』なのだろう男は、隣で自分の腰を抱いている。

自分よりも一回り近く年上で、背中に龍を棲まわせている元ヤクザ。戦闘能力は高いが、生活能力はほぼゼロで、二百万円の借金を抱えている甲斐性なしのダメおやじときている。そんなダメおやじにどうしようもなく惚れてしまった自分がつくづく嫌になってくる。

自分がダメおやじ認定をされているとも露知らず、黒田がのっそりと体を起こす。うんと伸びをして壁に背をもたれさせた黒田は、床に散らばっている一万円札を見下ろした。

「それにしてもすげえ光景だな」

「金、気になる?」

「そりゃあ、まあ……な」

気にならないわけがないだろう。部屋には段ボール箱に詰め込まれた六億近い現金があり、室藤たちが暴れてくれたせいで床一面に一万円札が散らばっている。そんな金まみれの中でのセックスなど、そうそうできるものでもない。これを良しとするなら、相当な悪趣味だ。

「なあ、湊。その金、銀行に預けた方がいいんじゃないのか?」

いきなりそう言われて鼻で笑った。違法な貸金業で得た金を銀行に預ける馬鹿がどこにいるというのだ。警察と国税局の手入れを喰らって一発で口座を凍結されてしまうのがおちだ。

そう言うと、黒田がそれもそうだと頭を掻く。

「なら、海外の口座か地下銀行って手もあるだろう」

「そっちも信用できないね」

「だったらせめて頑丈な金庫にしまっとけよ。もう室藤もいねぇんだ。こんな大金、どこかの馬鹿に目をつけられたら終《しま》いだぞ。鍵だって適当なんだろ、このアパート。泥棒が入りたい放題じゃねぇか」

金目のものが一切なさそうな古いぼろアパートだからこそ、今まで一度も泥棒に入られたこともなかったわけなのだが——。

そう思いながら、湊は金を見つめた。

泥棒はまだしも、黒田の言う通りまた今日のようなことが起こらないとも限らない。室藤に搾取されることはなくなったが、同時に室藤組という後ろ盾を失ってしまった。何かと面倒事が多い貸金業でケツモチがいないと、それはそれで業務に支障をきたす。

別に当てがないわけではないが、下手に頼れば第二の室藤になりかねない連中ばかりだし、この界隈の組織は全て征隆会の下部団体だ。すなわち、中里の息がかかっているということだ。

中里に啖呵を切った手前、征隆会には頼りたくない。ではどうすればいいか。

「頑丈な金庫——か……」

ふと脳裏に浮かんだ金庫にほくそ笑み、湊は黒田を見上げた。

「何だ？　おまえ、何を嫌な笑い方してんだ？」

「ん？　別に。何でもないよ」

何でもないと繰り返し、黒田の腰に腕を絡める。体を密着させると、黒田のものが太腿に当たった。さすがにあれだけ激しいセックスをしたせいか、黒田のものも今はおとなしくなっている。けれど、湊は違った。

若い体というのはどこまでも貪欲なものらしい。黒田の汗の匂いを嗅いだだけで気分が高揚した。

この部屋に入って二時間弱。黒田の利息の残り十九万九千円の内、回収できたのはまだ五万円足らずだ。黒田の値段は一時間で二万円。利息の返済額になるまであと八時間だ。夜明けまでたっぷり時間はある。

「黒田さん、あと十分だけ休憩させてあげるよ」

「十分だけ休憩って……おまえ……まだやる気か？」

「何言ってんの。当たり前じゃん。これで終わりなわけないだろ」

手に入れたカモから搾り取るのは別に金だけではない。他にも搾り取れるものはたくさんある。

焦る黒田をベッドに押し倒し、強引に口づける。

最高のカモゲット――。

黒田の体温を唇と舌に感じながら、湊は心の中でそう呟いた。

13

夜の七時。日が暮れ、麻布十番大通りに人が繰り出し始めた頃、暗闇坂の中ほどにある『BLACKWALL』の小さな看板にはすでに明かりが点いていた。

以前は七時を過ぎても暗いままだったが、近頃は七時前には明かりが点くようになっている。大きなトランクを引きずりながら坂を上ってきた湊は、看板を照らすその明かりに小さく微笑んだ。

足下にトランクを置き、地下に下りるための五段ほどの階段を見下ろす。

アパートがある狸穴町から麻布十番まではほぼ下り坂と平地だった。『BLACKWALL』があるのは暗闇坂のやや中ほどだが、それほど急勾配というわけでもない。問題は店の前のこの階段だった。

「今時はバリアフリーだろ。横にスロープつけとけっての」

とてもではないがこの重いトランクを抱えて階段を下りる気などしない。仕方なくトランクを寝かせた湊は、それを力任せに蹴飛ばした。

派手な音を立てながら、トランクが階段を滑り落ちていく。力を入れすぎたのか、それが勢いのままスチール製のドアにぶつかった。衝撃でドアの下の部分がわずかに凹む。

「あ……やべ……」

そう思ったものの、どうせ傷だらけのドアだ。もうひとつ傷が増えたところで別に問題もないだろう。そのまま階段を下りていると、ドアが勢いよく開き——かけてまたトランクに当たる。ガンっという音を立てて、先ほど以上にドアが凹んだ。

「何だ、こりゃ。何やってんだ？」

ドアの隙間から顔を出した黒田が、鬱陶しげな声を上げた。それもそうだろう。店の入り口を巨大なトランクが塞いでいるのだ。

「黒田さん、ちょうどよかった。ちょっとドア押さえといて」

倒れたトランクを起こした湊は、黒田にドアを開けさせると、それをずるずる引きずりながら店に入った。

「あー、重かった。東麻布からこのあたりまで毎日歩いてるけどさ、こんなの持ってるとすっごく遠く感じたよ」

巨大なトランクを持って繁華街をうろついている海外からの旅行客の気が知れないとぼやき、カウンターの椅子に腰を下ろす。

「黒田さん、水ちょうだい、水」

いったい何が起きたのかわからないといった顔のまま、黒田が冷蔵庫からミネラルウォーターのボトルを取り出した。氷を入れたグラスに水と一緒にミントの葉を数枚入れ、黒田がそれを差し出す。冷たい水を一気に飲み干した湊は、ふうっと息をついた。

「サンキュ。めっちゃくちゃ喉渇いてたんだよ。これ、すっごいスッとするね」

「いや、それより何なんだ、そのでかいトランクは」

「ん？　これ？　お金」

「ああ？　金ぇ？」

素っ頓狂な声を上げた黒田に笑って頷き、湊は空になったグラスをカウンターに置いた。

トランクを横倒しに寝かせ、ロックを外す。蓋を開いたとたん、黒田があんぐりと口を開けた。

人でも入っているのかと思うくらいの大きなトランクに詰め込まれていたのは、輪ゴムで留められた札束だった。ずらりと並ぶ福沢諭吉を茫然と眺めた黒田が、そのまま視線を湊に向ける。

「おまえ、これ……」

「この前さ、黒田さん、金は頑丈な金庫にしまえって言ってたじゃん。だからしまいに来た」

「頑丈な金庫って、もしかしてここか？」

「うん」

あっけらかんと笑って、湊はトランクの蓋を閉めた。

「こんないい金庫って他にないもんね。これ以上ないっていう最強の番犬もいるし。あ、番犬じゃなくて番ガモ？」

「番ガモって、おまえな……」

いそいそとトランクを店の奥に引きずっていく湊を、番犬ならぬ番ガモ扱いされた黒田が目で追う。掃除の道具やグラスのストックなどを放り込んでいる倉庫の前にトランクを置いた湊は、満足げに頷きまたカウンターに戻ってきた。

「布でも買ってきて掛けておけばいいかな。そしたらあそこにあっても気にならないでしょ」

「いや、そうじゃなくてだな。おまえ、金貸しを辞めるんじゃねぇのか？」

「はあ？　辞める？　何で？」

『ポートファイナンス』の本体は中里が率いる征隆会に返上し、東麻布の事務所も畳んだ。今は社名も変わり、湊の後を引き継いだ八野田が社長になっているが、そちらは完全にノータッチだ。だからといって、貸金業を辞めるとは一言も言っていない。

「何でって、おまえ……金貸しを続けるにしてもケツモチはどうすんだ？　室藤はいねぇし、中里の世話にはなりたくないんだろう」

確かに室藤はもういない。あれから黒田に聞かされたが、室藤は征隆会から破門状を叩きつけられたらしい。

樽崎組長の事故死、真壁の死、双方ともに不問に付す。代わりに中里は室藤を征隆会から放逐した。室藤が率いる室藤組と征隆会とは何の関係もない。だから、誰が室藤を的にかけようが、征隆会は一切関知しない。煮て食おうが焼いて食おうが好きにしろ。それが、中里が下した判断だった。

「黒田さん、室藤さんってあれからどうなったか知ってる？」

思わず尋ねると、黒田が「さあな」と肩をすくめた。

組長が死に、若頭だった室藤が破門され、解散同然の樽崎組は若頭補佐だった茂木《もぎ》という男が跡目を継いだ。樽崎に恩がある昔気質の茂木は、室藤の行方を血眼になって追っているという。

「あいつはもう終いだ。二度とおまえの前に姿を現さねぇよ。俺や中里の前にもな――」

黒田の言葉の本当の意味を、湊は黙って聞き流した。室藤は憎いが、破門されたヤクザの末路など詳細に聞きたいとは思わない。

「室藤のことなんかどうでもいいんだよ。おまえ、このまま金貸しを続ける気なのか？　ケツモチもなしでどうするんだよ？」

「ケツモチならここにいるじゃん」

ここと指をさされ、黒田が眉間に皺を寄せた。

「ここって……おまえ――」

「東麻布の事務所も畳んだし、しばらくここの隅っこで営業しようと思ってさ。『金貸しはバーにいる』って、ほら、何かこういうタイトルの映画あったじゃん？」

「ああ？　何だそりゃ？」

「あれ、違ったっけな。とにかく、オレ、中里の世話になんか絶対になりたくないしさ」

征隆会の中里とはいつかきっと黒田を奪い合うような気がする。黒田は中里の本当の思いに気づいていないようだが、湊には中里の気持ちが嫌というほどわかるのだ。わかるからこそ、中里に借りなど作りたくない。

「征隆会の先代がケツモチだと安心して金貸しができるよ。金主に借りてた金も返したし、黒田さんだとミカジメも要らないから、安くついていいよ」

「ちょっとまて、湊。勝手に話を進めてんじゃねえぞ」

「オレさぁ、あれからずっと考えたんだけど、やっぱ、世の中は金だなぁって思ったんだよね。金で買えないものなんてないなって」

「おまえまだそんなことを――」

「オレは黒田さんの体だって金で買ったよ」

畳みかけるように言われ、黒田が口を噤む。湊に金で自分を買ってくれと持ち掛けたのは黒田の方だ。あの日、湊は黒田と利息二十万円分の濃厚なセックスをした。

「あのな、湊。あれはな……」

「体は買えたから、あとは黒田さんの心を買うだけかな」

「ああ？」

驚く黒田に湊はにんまりと笑みを浮かべる。

湊の本性を知らない者たちが天使のようなと比喩する笑みも、黒田にとっては悪魔の笑みでしかない。そして、その性悪な小悪魔は、黒田が絶対に自分を拒まないことを知っていた。

「ねえ、黒田さんの心っていくら？　買うから値段つけてよ」

「高くつくぞ」

「だからいくら？」

湊は、笑いながら黒田に近づいた。

外国人めいた色素の薄い瞳。真壁がきれいだと言ってくれた淡褐色の瞳で黒田を見つめる。

「オレに心を売りなよ、黒田さん」

頬に手を伸ばすと、黒田が「参ったな」と苦笑した。

「言ってよ。黒田さんの心っていくら？」

「そうだな――一千億万兆円てところだな」

「何だよ、それ」

めちゃくちゃな単位を口にした黒田が、喉を鳴らして笑う。

「ガキの頃は金の単位なんかわからなかっただろう。だから悪ガキどもと言い合ってたんだ。大人になったら一千億万兆円儲けて大金持ちになるってな」

「で、そんな大金持ちになれた？」

「なれるわけねぇだろう。借金まみれで性悪な金貸しに体も心も売れって迫られてるくらいだ」

そう言った黒田の腕が湊の腰を抱き寄せた。

「どうする、湊。俺の心、買えるか？」

笑ったままの黒田の唇にゆっくりと唇を近づける。

軽く口づけたつもりが、深く唇を合わされた。入り込んできた舌が歯列をなぞり、口蓋を撫でていく。息が苦しかったが、それでも黒田を求めることをやめられなかった。

思いもかけない濃厚で官能的な口づけに、体がどんどん熱くなっていく。

一回りも年上の借金まみれの元ヤクザにこんなにも惚れてしまっている自分に、呆れがこみ上げた。しかもこの男は自分が愛した男の実の兄だ。そうだとわかっていても欲しいと思ってしまう。最初は黒田を金で買い叩こうとしたが、そんな必要などなかった。たとえ金という繋がりがなくなったとしても、自分はいずれ黒田に惹かれていっただろう。

やがて軽い音を立てて唇が離れていく。唾液で濡れた唇を拭い、湊は黒田を見上げた。

「黒田さんの心、たった今買い取れた——かな？」

言ったとたん、黒田が「降参だ」と肩をすくめた。

「たまんねぇよ、おまえは……」

背をきつく抱き締められ、その背を抱き締め返す。湧き上がるのは黒田が欲しいと思う欲望だけだ。

「俺の心、おまえにくれてやるから好きにしろ——」

笑った唇にまた唇を覆われる。

一千億万兆円の口づけは、ドライフルーツにも似た芳醇《ほうじゅん》な酒の香りがした。

こんにちは。初めまして。井上《いのうえ》ハルヲと申します。このたびは拙作をお手に取ってくださいましてありがとうございました。

初めてクロスノベルスさんで書かせていただくことになり、最初は美人で儚げな受けの話を書こうと意気込んだのです。できあがってみたらいつも通りのスーパー襲い受けになっていました。ヘタレたオヤジと美人で気が強い金貸しの大人のラブです。楽しんでいただけると幸いです。

イラストを担当してくださった小山田《おやまだ》あみ先生、二人を素敵なキャラに描いてくださってありがとうございました。雰囲気のあるイラストのカバーをめくった瞬間のエロチックな口絵には、井上、悶絶いたしました。

この遅筆に根気よく付き合ってくれた担当さんにも感謝いたします。

最後に、このお話を読んでくださった皆様にもう一度お礼を。

愛は金で買えるのか。答えがあるようなないような、微妙なところです。

札びら舞い散る闇金が舞台の裏社会のお話ですが、痛さ控えめ、エロス多めな感じです。ストーリーと同時に、麻布近辺の雰囲気も味わっていただければ嬉しいです。

また皆様に何か新しいお話をお届けできる日が来ることを願いつつ。

CROSS NOVELSをお買い上げいただき
ありがとうございます。
この本を読んだご意見・ご感想をお寄せください。
〒110-8625
東京都台東区東上野2-8-7　笠倉出版社
CROSS NOVELS 編集部
「井上ハルヲ先生」係／「小山田あみ先生」係

CROSS NOVELS

愛は金なり

著者

井上ハルヲ

2018年2月23日　初版発行　検印廃止

発行者　笠倉伸夫
発行所　株式会社　笠倉出版社
〒110-8625　東京都台東区東上野2-8-7　笠倉ビル
[営業]ＴＥＬ　0120-984-164
ＦＡＸ　03-4355-1109
[編集]ＴＥＬ　03-4355-1103
ＦＡＸ　03-5846-3493
http://www.kasakura.co.jp/
振替口座　00130-9-75686
印刷　株式会社　光邦
装丁　Yumi Miyasaka
ISBN　978-4-7730-8874-8
Printed in Japan